습관은
반드시 실천할 때 만들어집니다.

좋아하는 일을
끝까지 해보고 싶습니다.

"내가 빛날 날이 반드시 올 것이다."

김고명 지음

어느 젊은 번역가의 생존 습관

좋은습관연구소

프롤로그

솔직히 말하겠습니다. 이 책에 대단한 이야기나 교훈은 없습니다. 그럴 수밖에요. 제가 그리 대단한 사람은 아니거든요. 아마 이 책을 펼치며 이런 생각을 하셨을 거예요. '김고명이 누군데?' 네, 저는 아직 무명에 가까운 번역가입니다. 세간을 떠들썩하게 한 베스트셀러를 번역한 적도 없고, 독자는 물론이고 편집자 중에도 저를 아는 사람보다 모르는 사람이 더 많아요. 그런데 또 지금 책장을 한번 둘러보면 어쩌면 제 역서가 한 권쯤 꽂혀 있을지도 몰라요. 제가 번역한 책 목록을 보면 '아, 이 책!' 하실 수도 있고요. 제가 그래도 10년 넘게 일하면서 번역한 책이 한 40권쯤 되고 개중에 대박은 아니어도 중박은 친 책들이 있거든요.

여러분이 방금 집어 든 이 책에는 번역가로 굶지 않고 10여 년을 버티는 데 보탬이 된 저의 습관이 정리되어 있습니다.

이 책을 읽는 분은 크게 세 범주로 나눌 수 있을 것 같아요. 먼저 번역가 지망생과 현직 번역가입니다. 번역가가 되려면 어떻게 공부해야 하는지, 다른 번역가는 어떻게 일하는지 궁금하실 거예요. 거기에 대한 제 나름의 답이 이 책에 담겨 있습니다. 두 번째는 평소 책을 즐겨 읽으며 번역가라는 직업에 호기심을 느낀 독서가입니다. 그런 분들을 위해 건조하게 습관만 설명하지 않고 곳곳에 제 삶을 엿볼 수 있는 이야기를 넣었어요. 마지막으로 과연 좋아하는 일을 하며 먹고사는 게 가능한가 확인하고 싶어서 책을 펼친 분도 있을 겁니다. 감히 이 책이 확답을 드린다고 말할 수는 없지만 참고는 될 거라고 생각해요. 어쩌면 '뭐야, 무슨 대단한 능력이 있는 것도 아니고 이 정도 습관으로도 버틸 수 있다고?'라며 용기를 얻으실 수도 있고요.

아, 혹시나 싶어 말씀드리자면 제 능력만으로 여기까지 온 건 아니에요. 저는 인생에서 능력뿐만 아니라 운의 작용도 무시할 수 없다고 생각해요. 저는 운이 좋은 편입니다. 그리고 여기서 말하는 습관들 덕분에 제게 온 운을 잘 활용할 수 있었고요.

저는 지금 대운을 기다리고 있습니다. 이건 이 책의 숨은 독자와도 관련이 있는 이야기인데요, 그 독자란 바로 미래의 저입니다. 언젠가 큰 운이 들어와서 '대번역가'가 됐을 때의 저요. 독자들이 이름만 들어도 알고 많은 출판사가 일을 맡기고 싶다고 줄을 서는 번역가가 됐을 때 이 책을 보며 '그래, 내가 요행만으로 여기까지 온 건 아니야'라고 흐뭇해할 예정입니다. 그러니까 이 책은 미래의 저에게 보내는 나의 분투기 같은 것입니다.

아니, 분투기라고 하긴 좀 그렇네요. 제가 뭔가 남들이 하지 못하는 대단한 노력을 하고 있는 건 아니니까요. 말씀드렸다시피 이 책에 대단한 건 없습니다. 그저 좋은 습관일 뿐입니다. 누구나 마음만 먹으면 누구나 실천할 수 있는 것들입니다. 지금 와서 생각해보면 어찌어찌하다 보니 여기까지 온 것 같아요. 그저 좋아하는 것을 좇아 그걸 잘하기 위한 나만의 방법을 만들고, 그냥 조금씩 걸어왔을 뿐.

대번역가라니 좀 허황된 꿈 아니냐고요? 그럴 수도 있겠죠. 하지만 그런 목표를 갖는다고 남한테 피해를 주는 것도 아닌데 뭐 괜찮지 않을까요? 그 정도 허풍이랄까 믿음은 있어야 좋아하는 일이 잘 안 풀리더라도 버틸 수 있는 거고요. 그리고 이 글을 읽고 있는 여러분은 이미 제 꿈의 실현 가능성을 +1 해주셨고요. 번역가 김고명이라는 이름을 기억하는 사람이 한 명 늘었잖아요. 이 책을 읽고 나면 저라는 사람이 더더욱 기억에 남을 것 같네요. 그게 좋은 기억이었으면 좋겠습니다.

그러면 저를 대번역가로 만들어줄 습관을 이제부터 하나씩 소개해 올리겠습니다.

Contents

원서 읽기의 시작은
《어린 왕자》부터

"너희 중에는 나중에 영문과 나왔다는 게
부끄러울 사람도 있을 거야."

대학교 2학년 때 강의실의 고요를 깬 교수님의 일성이었습니다. 그때 우리는 영어로 쓰인 건 맞는데 알고 있던 문법 지식으로는 도무지 해석이 안 되는 영시를 앞에 두고 교수님이 던진 질문에 꿀 먹은 벙어리처럼 앉아 있었어요. 교수님은 뭐라고 대꾸하는 학생 하나 없으니 무척 답답하셨겠지요. 그래서 웃는 얼굴로 지독히도 차분하게 독설을 날리셨습니다.

그때 뜨끔했던 학생이 아마 저뿐만은 아니었을 거예요. 영문과 출신이라면 누구나 공감할 겁니다. 밖에서는 영문과라고 하면 원어민처럼 유창하게 영어를 구사하는 줄 알지만 실제로는 원어민 앞에만 서면 머릿속은 새하얀 백지가 되고 속은 새카만 먹지처럼 타들어 가면서 관자놀이에 송골송골 땀방울이 맺힌다는 것을요.

그 학기를 마치고 이듬해 봄에 저는 2년여의 공익 생활을 시작했습니다. 남들은 군대에서 어머니와 짜장면을 그리워하며 눈물 없이는 들을 수 없는 청춘의 한 시절을 써 내려갈 때, 저는 어머니가 해주시는 따끈따끈한 밥을 먹으면서 동사무소 민원실에서 주민등록 등초본을 뗐어요. 제가 근무하는 동사무소는 민원인들이 약속이나 한 듯 동시에 밀어닥치는 오전과 오후의 한때를 제외하고는 대체로 한가했어요. 그럴 때면 저는 민원실 뒤편의 컴퓨터 앞에 앉아 웹 서핑으로 무료한 시간을 때웠는데요, 어느 날 문득 이런 생각이 든 겁니다. '아, 이제 인터넷도 재미없다. 어차피 지겨울 거면 뭐라도 의미 있게 지겨울 만한 게 없을까?' 그때 교수님께서 하셨던 독설이 불현듯 떠올랐던 것 같아요.

저는 어차피 책상에 앉아 있는 것 말고는 달리 할 일도 없으니 영어 원서나 읽어보자는 기특한 다짐을 합니다. 정말 어지간히도 심심했던가 봐요. 영문과생임에도 생전 읽지 않던 영어책을 다 읽을 생각을 하다니 말이죠. 그때 처음으로 도전한 책이 생텍쥐페리의 《어린 왕자》였습니다.

남들은 초중학교 때 떼는 책을 저는 스물두 살이 돼서야 읽었어요. 《어린 왕자》를 선택한 이유는 순전히 문장이 만만할 것 같아서였습니다. 애들이나 읽는 책이니까 나도 충분히 읽을 수 있으리라 생각한 거죠. 하지만 큰 착각이었죠. 《어린 왕자》는 애들이나 읽는 책이 아니었어요. 그렇지 않았다면 제가 마지막 장을 덮으면서 찔끔 나오려 하는 눈물을 누구한테 들킬까 꾹 참았을 리가 없죠. 자세한 이야기는 스포일러가 될 수 있으니 안 하겠지만, 그 후로 제 인생 최고의 책은 언제나 《어린 왕자》입니다.

원서로 읽는 건 예상대로 쉬웠어요. 문장이 간결하고 어휘도 친숙했거든요. 덕분에 저의 원서 읽기 프로젝트는 순조롭게 시작됐습니다. 물론 《어린 왕자》가 프랑스 작가의 책이니까 엄밀히 따지면 영문판이 '원시'리고 할 수는 없겠지만요.

이후로 공익 생활을 마칠 때까지 다 세어보진 않았지만,

영어 원서를 족히 서른 권은 읽은 것 같습니다. 그러고 났더니 웬만한 영어책은 다 읽을 수 있겠다는 자신감이 붙더군요. 그렇게 저는 적어도 독해력에서만큼은 "영문과 나왔다는 게 부끄러울 사람"이 생길 거라는 교수님의 저주에서 벗어날 수 있었어요. 그리고 그때 읽었던 서른 권의 원서가 지금의 번역가가 되는 밑거름이 됐고요.

생존 습관을 말하는 첫 번째 글을 이 이야기로 여는 까닭은 번역가가 제일 필요로 하는 생존 능력이 바로 원문을 독해하는 능력이기 때문입니다. 일단 원문을 똑바로 해석할 수 있어야 한국어로 그 비슷한 문장이라도 쓰지요. 비유하자면 시력이 0.2인 사람이 안경 없이 김태희를 보고 그린다면 그 그림 속의 여인이 아무리 아름답다고 한들 김태희가 아니라 상상 속의 인물에 지나지 않을 거예요.

그렇다면 독해력은 어떻게 기를 수 있을까요? 원서를 많이 읽는 게 가장 좋은 방법입니다. 단어를 외우고 문법을 공부하는 것도 중요하지만 그것만으로는 독해력이 저절로 길러지진 않아요. 축구로 치자면 공을 찰 줄 알고 달릴 줄 안다고 무조건 좋은 선수가 되지 않는 것과 같은 이치에요. 실제로 경기를 뛰면서 언제 어떻게 달리고 어떻게 공을 차야 하는지 실전

감각을 익혀야죠. 원서 읽기가 바로 그 실전입니다.

만약 원서를 읽고 싶은데 어떻게 시작해야 할지 모르겠다고요? 제가 정해드리죠. 맨 먼저《어린 왕자》를 읽으세요. 말했다시피 쉽습니다. 분량도 짧아서 100쪽이 안 되는 데다 그림이 많아요. 입문자용으로 제격이죠. 물론 꼭《어린 왕자》가 아니어도 좋습니다. 인터넷 서점 알라딘에 들어가면 렉사일(Lexile) 지수라는 어휘력 평가 지수가 있는데 단계별로 분류된 영어 원서를 찾으실 수 있어요. 이 목록에서 괜찮겠다 싶은 책을 고르셔도 됩니다. 참고로 이 지수에 따르면《어린 왕자》는 초등학교 3학년 수준이면 읽을 수 있습니다. 물론 원어민 기준으로요.

책을 읽다가 낯선 단어가 나오면 사전을 찾아봐도 좋고 대충 이런 뜻이겠지, 하고 넘어가도 좋습니다. 그렇게 쭉 읽어보세요. 이때 결과는 두 가지겠죠. 아무리 읽어도 도대체 무슨 소리인지 이해되지 않아 중도에 하차하거나, 완벽하진 않더라도 적당히 이해하며 끝까지 읽거나. 만약 중도에 하차했다면 유감스럽게도 아직 문법 지식이 부족한 거예요. 이때는 일단 문법 공부부터 다시 하는 게 좋습니다. 어휘력이 부족하면 그때그때 사전을 찾으면 되지만, 문법적 기초가 부족할 때는 그런 임시방편이 통하질 않거든요.

문법 공부는 강의나 책을 통해 체계적으로 하는 게 제일 좋은데요, 그게 영 귀찮다 싶으면 그때그때 인터넷 게시판이나 주변에서 영어 잘하는 사람에게 이 문장은 어떻게 해석해야 하냐고 물으면서 야금야금 익히는 방법도 있습니다.

《어린 왕자》를 다 읽으셨다고요? 축하합니다. 본격적으로 원서 읽을 준비가 끝났습니다. 문장을 완벽하게 이해하지 못했어도 상관없어요. 그건 앞으로 꾸준히 읽다 보면 자연스럽게 해결될 테니까요.

《어린 왕자》 다음으로는 무엇을 읽으면 좋을까요?《어린 왕자》를 다시 읽어보는 것도 좋은 방법입니다. 처음 읽을 때는 이해되지 않았는데 다시 읽으니 이해되는 문장이 분명히 있을 거예요. 책 한 권 읽었다고 벌써 독해력이 향상된 거죠. 한 번 본 책은 다시 안 보는 성격이라면 바로 성인 도서로 넘어가도 되고, 아직은 그게 좀 부담스럽다고 하면 아동이나 청소년 서적을 좀 더 읽어봐도 좋습니다. 알라딘에서 등급별로 분류해 놓은 책 중에서 골라도 좋고, 아마존에서 'kids book'이나 'YA book'이라고 검색하면 아이용 책이 끝도 없이 나와요. 그중에서 하나 고르셔도 됩니다. 참고로 'YA'는 'young adult(청소년)'의 약자입니다.

애들 책이든 어른 책이든 책을 선정하는 기준은 두 가지입니다. 첫째, 내 관심 분야의 책. 둘째, 베스트셀러. 반드시 관심 분야의 책이어야 합니다. 한국어로도 안 읽는 책을 영어로 읽겠다고 하면 쉽게 읽힐 리가 없겠죠? 다음으로 왜 베스트셀러냐구요? 대중성이 있기 때문이에요. 누구나 읽을 만한 수준이라는 거죠. 물론 여기서 누구나란 원어민 기준이겠지만요. 그래도 영어권 대중들이 읽을 수 있는 수준이라면 문장도 내용도 너무 어렵진 않을 겁니다. 그만큼 영어를 공부하는 사람이 읽기에도 유리하겠죠.

참고로 분량은 짧으면 짧을수록 좋습니다. 원래 뭐든 처음 시작할 때는 '아, 또 한 건 했다!' 하는 성취감이 중요하니까요. 제 경험에 비춰보면 일단 많이 읽는 게 장땡이에요. 다 읽은 책이 한 권씩 쌓이면서 다양한 영어 문장에 익숙해지고 문맥으로 문장의 의미를 추리하는 능력이 길러지면 처음에는 어디서부터 해석해야 할지 몰랐던 복잡한 구조의 문장이 '어라, 혹시 이런 뜻인가?' 하고 이해되는 시점이 반드시 옵니다(물론 번역할 때는 그렇게 감으로 해석하면 절대 안 되겠지만, 배우는 단계에서는 그렇게 감을 익히는 게 실력 향상에 도움이 돼요).

많이 읽는 게 중요하다고 했는데 그렇다면 모르는 단어가 나올 때마다 사전을 찾아가며 읽어야 하나요? 모범 답안은 사람마다 다르다입니다. 평소에 뭔가 꼼꼼히 찾고 정리하는 걸 좋아하는 성격이라면 하나하나 찾아가면서 보는 것도 좋겠고요, 단어 하나하나 따지며 읽는 게 재미없다면 내용을 이해하는 데 크게 문제가 없는 선에서 적당히 넘어가도 좋습니다. 참고로 저는 후자였어요.

그리고 큰맘 먹고 원서를 샀는데 손이 잘 안 가는 분도 있을 거예요. 그럴 때는 한번 생각해보세요. 첫 번째, 손이 잘 안 가는 곳에 원서가 있진 않은가? 원서는 평소에 가장 많은 시간을 보내는 공간, 그 안에서도 가장 잘 보이는 곳에 놔두셔야 해요. 외출할 때는 지갑과 함께 챙기시고요. 두 번째, 책이 재미가 없는 건 아닌가? 앞에서 관심 분야의 책을 선택하라고 했는데요, 그런다고 모든 책이 재미있을 수는 없겠죠. 재미가 없는 책은 그냥 덮어버리고 다른 책을 찾아보세요. 책은 원래 심심풀이로 재미 삼아 읽을 때 제일 잘 읽힙니다. 세 번째, 모름지기 원서란 책상 앞에 정좌하고서 경건히 읽어야 한다고 생각하고 있진 않은가? 아니에요. 원서고 아니고를 떠나서 책은 원래 막 읽어야 제맛입니다. 소파에 누워서 읽어도 좋고, 화장실에서 부들거리는 손으로 읽어도 좋아요. 책상이 싫으면 절대 책상에 앉지 마세요. 저는 주로 침대에 모로 누워서 봅니다.

자, 정리해볼까요.

1. 일단《어린 왕자》(혹은 그와 비슷한 수준의 쉬운 책)으로 시작한다.
2. 이후의 책은 관심 분야의 베스트셀러 중에서 고른다.
3. 형식과 방법에 구애받지 않고 내키는 대로 아무 때나, 아무 데서나 막 읽는다.

어때요, 참 쉽죠? 네, 안 쉬운 거 알아요. 남의 나라말로 책 읽는 게 쉬울 리가 있나요. 일단은 처음부터 무리하진 말고 하루에 다섯 쪽, 그것도 안 되면 두 쪽씩 읽는다는 마음가짐으로 시작하세요. 중요한 건 꾸준함이고, 뭐든 꾸준히 하려면 만만한 게 최고입니다.

Tip

원서를 주문하면 배송에 일주일 넘게 걸려서 불편해요, 글씨가 너무 작아서 눈이 빠질 것 같아요, 너무 비싸요, 이런 불만이 있다면 전자책을 이용하시면 됩니다.

아마존에 들어가서 책 소개 페이지를 보면 페이퍼백과 하드커버 외에 킨들(Kindle)이라는 형태가 보일 거예요. 아마존 전용 전자책 포맷입니다. 구입하면 바로 스마트폰이나 태블릿의 킨들 앱으로 내려받아서 읽을 수 있어요. 서체와 글씨 크기도 자유롭게 조정할 수 있고 가격도 종이책보다 저렴합니다.

스마트폰은 눈이 아프다고요? 그러면 전자 잉크를 탑재한 전용 리더기를 이용하면 됩니다. 전자 잉크는 종이처럼 눈이 덜 피로하게 만들어진 디스플레이입니다. 제가 10년쯤 쓰고 있는데 스마트폰보다 훨씬 눈이 편해요. 아마존에서 'kindle reader'로 검색하면 여러 기종이 나오는데, 기본형인 'All-new Kindle'이면 책 읽기에 충분합니다. 가격이 부담되면 중고장터에서 '킨들 페이퍼 화이트' 구형을 구하셔도 됩니다.

레벨 4 정도의 글을
쓰는 방법

"번역가는 영어(원어)보다 한국어를 더 잘해야 해요."

종종 듣는 말입니다. 동의하지는 않지만 이해는 갑니다. 한국어로 쓰였지만 무슨 뜻인지 잘 이해되지 않는 번역문에 지쳤다는 말이지요. 번역은 기본적으로 읽기와 쓰기가 결합된 행위입니다. 그러니까 당연히 번역가는 글을 잘 써야 합니다. 그렇다면 얼마나 잘 써야 할까요? 간단해요. 어디서 글 좀 쓴다는 소리는 들을 정도는 돼야 합니다.

글솜씨를 계량적으로 평가할 수는 없겠지만 편의상 레벨 1~5로 나눠보죠. 레벨 5가 만렙이에요. 번역가가 되려면 레벨이 몇이어야 할까요? 레벨 3이면 중간 정도니까 괜찮을까요? 아니요. 기본적으로 레벨 4는 돼야 합니다. 번역할 때는 레벨이 1씩 깎이거든요. 글솜씨가 레벨 4는 돼야 번역문은 레벨 3 정도 수준으로 나온다는 말입니다.

왜 그럴까요? 만화 《드래곤볼》 아시나요? 저처럼 90년대에 학창 시절을 보낸 아재라면 필독서로 보셨을 테고 그렇지 않더라도 제목은 들어보셨을 거예요. 여기에 거북이 등딱지를 매고 다니는 무천도사라는 무술의 고수가 등장합니다. 주인공인 손오공이 천하제일 무술대회를 앞두고 이 무천도사에게 수련을 받는데 종일 거북이 등딱지를 매야 한다는 조건이 붙습니다. 무게가 수십 킬로그램에 달하는 등딱지를 맨 손오공은 제힘을 다 발휘하지 못하고 고생을 하죠. 번역가의 처지가 딱 그래요. 항상 원문이라는 등딱지를 매고 있어야 해요. 원문의 구조와 표현이 일단 머릿속에 들어오면 번역문을 쓸 때 거기에 얽매일 수밖에 없습니다. 그래서 평소 실력을 다 발휘하지 못하는 거죠. 번역서에서 어색하고 불편한 문장이 종종 보이는 이유가 여기에 있습니다.

만화를 보면 손오공은 수개월 후 등딱지를 벗고 엄청나게 강해진 힘을 느낍니다. 하지만 유감스럽게도 번역가는 원문을 벗어던지고 "사실은 이것이 나의 풀 파워다!"라고 외칠 수가 없어요. 그랬다가는 천하제일 오역 대회에 강제 출전입니다. 이렇게 '풀 파워'를 발휘하지 못하니까 글솜씨가 상급은 돼야 번역문은 간신히 중급에 턱걸이하는 수준으로 나오죠.

그렇다면 글솜씨는 어떻게 기를 수 있을까요? 간단해요. 글을 많이 쓰면 됩니다. 제가 2002년부터 몇 년간 블로그를 운영하면서 썼던 글 중 일부가 하드디스크에 남아 있는데요, 지금 확인해보니까 2003년 9월부터 2004년 2월까지 6개월 동안 약 240편의 글을 썼네요. 어림잡아 하루에 1.3편의 글을 쓴 셈입니다. 그때는 글쓰기에 살짝 미쳐 있었던 것 같아요. 하루는 조깅을 하다가 내리막길에서 발을 잘못 디뎌서 주르륵 미끄러졌어요. 일어나니까 오른쪽 무릎이 다 까져서 피가 철철 나더라고요. 그러고서 집으로 돌아오면서 무슨 생각을 한 줄 아세요? '이걸 블로그에 어떻게 쓰면 재미있게 쓸 수 있을까?' 아니, 무릎에 피 칠갑을 하고 절뚝대면서 속으로는 '오예, 큰 건 하나 건졌다!'라고 쾌재를 부르다니 이게 제정신입니까. 방금 무릎을 까보니 그때 생긴 흉터가 아직도 선명하게 남아 있군요. 그 시절에 그렇게 글을 써댄 게 번역가가 되는 좋은 밑거름이 됐습니다. 공교롭게도 열심히 원서를 읽던 때와 얼추 시기가 겹치네요. 대학교 다니고 공익 근무를 하던 때라 글쓰기를 할 여유도 있었죠.

이제부터 글을 써보시겠다고요? 좋습니다. 그러면 글쓰기에 입문할 때 흔히 하는 고민을 문답 형식으로 풀어보죠.

Q. 글은 어디에 쓰는 게 좋을까요?

A. 블로그에 쓰세요.

일기장이나 온라인 커뮤니티에 쓸 수도 있지만 일기장은 아무런 피드백을 받을 수 없기 때문에 금방 재미가 없어지고, 커뮤니티는 내 글이 수많은 글 속에 파묻혀서 금방 존재감을 잃습니다. 반면에 블로그는 댓글이나 좋아요 같은 형식으로 피드백이 들어오기도 하고, 쓴 글이 차곡차곡 쌓여 하나의 포트폴리오가 되기도 합니다. 혹시 아나요? 출판사에서 번역가를 선정할 때 내가 쓴 글이 유리하게 작용할지. 또는 출판사에서 블로그를 보고 책을 내보자고 할 수도 있겠죠.

Q. 어느 정도 빈도로 쓰는 게 좋을까요?

A. 적어도 일주일에 세 번은 쓰세요.

원서 읽기도 그렇고 뭐든 꾸준하게 해야 늡니다. 일주일에 한 번씩 90점짜리 글을 쓰는 것보다 이틀에 한 번씩 50점짜리 글을 쓰는 게 좋아요. 점수를 합치면 전자는 한 달에 360점, 후자는 750점이죠? 실제로 실력이 향상되는 것도 그 정도 차이가 납니다. 매일 써야 감각이 길러져요. 소설가 김연수, 스티븐 킹, 무라카미 하루키가 공통으로 하는 말이 뭔 줄 아세요? 글이 잘 써지든 안 써지든 무조건 매일 꼬박꼬박 쓰라는 겁니다. 내로라하는 작가들이 그런 말을 하는 데는 다 이유가 있겠죠.

Q. 분량은 어느 정도로 쓰죠?

A. 10문장 이상으로 하세요.

제가 볼 때 최소 10문장은 써야 기승전결이 있는 완결된 글이 나와요. 물론 서너 문장으로도 기가 막힌 글을 쓰는 사람들이 있긴 합니다. 그걸 '촌철살인'이라고 하죠. 하지만 그런 기술은 하루아침에 터득되지 않아요. 저는 아직 그런 경지에 못 올랐습니다. 10문장이면 한 문장에 1분씩 쓴다고 하면 10분이면 다 쓸 수 있는 분량이에요. 문장마다 고심하며 5분씩 쓴다 해도 한 시간이면 다 쓸 수 있으니까 큰 부담이 없죠.

Q. 어떤 마음가짐으로 쓰면 될까요?

A. 가족이나 친구에게 말한다고 생각하고 쓰세요.

여기에는 두 가지 의미가 있습니다. 하나는 진솔해야 한다는 겁니다. 재미를 위해 어느 정도 양념을 치는 거야 괜찮지만 뻥을 치면 다 티가 나요. 그리고 뻥치는 것도 하루 이틀이지 꾸준히 지속할 수는 없어요. 또 다른 하나는 어깨에 힘을 빼고 써야 한다는 겁니다. 우리가 가까운 사람들 앞에서는 괜히 뭔가 있어 보이려고 무게 잡진 않잖아요. 잘 보여야 한다고 부담감을 느끼지도 않고요. 글 쓸 때도 멋있어 보여야 한다고, 잘 써야 한다고 생각하지 말고 가벼운 마음으로 편하게 쓰세요. 그래야 지치지 않습니다.

Q. 소재는 어떻게 정하죠?

A. 뭐든 괜찮습니다.

전문 분야나 관심 분야에 대해 써도 되고 그날그날 있었던 일이나 떠오른 생각에 대해 써도 좋습니다. 아무래도 일상사를 다룬 글보다는 어떤 한 분야를 파고드는 글이 사람들의 관심을 받기는 쉬울 거예요. 하지만 어지간히 방대한 지식과 경험을 보유하고 있지 않은 한 1주일에 세 번씩 글을 쓰기에는 글감이 충분치 않을 거예요. 일단은 글을 많이 써서 감각을 익히는 게 중요하니까 소재는 너무 신경 쓰지 말고 뭐든 쓰는 것에 집중해 보세요. 일기도 꾸준히 쓰면 보러 오는 사람이 생깁니다. 혹시 가능하다면 1주일에 전문성 있는 글 한 편과 일상적인 글 두 편을 쓰면 좋을 것 같아요.

Q. 미리 개요를 작성하고 써야 하나요?

A. 백지상태에서 바로 써도 무방합니다.

글을 쓸 때 서론, 본론, 결론에 무엇을 쓸지 일목요연하게 정리한 표를 작성해 놓으면 도움이 될 수 있겠지만 그게 꼭 필요하진 않습니다. 그냥 아무 계획 없이 생각나는 대로 문장을 써 내려가도 괜찮아요. 그렇게 쓰고 나서 다시 읽어봤을 때 그냥 공개해도 되겠다 싶으면 바로 공개하고, 그렇지 않으면 다시 다듬으면 되죠. 그리고 미리 계획을 세우려고 하면 글을 쓰기도 전에 지쳐버릴 수 있어요. 또 글이란 게 항상 계획대로 써지진 않고 그때그때 번뜩이는 아이디어 때문에 갑자기 방향이 틀어져 버리는 경우도 빈번합니다. 그래서 미리 개요표를 작성하는 게 반드시 효율적이라고 할 수는 없습니다.

Q. 아무 준비도 없이 쓰려니까 막막한데요?

A. 그럼 마인드맵을 만들어보세요.

마인드맵이란 간단히 말해 의식의 흐름을 보기 좋게 정리하는 기록법입니다. 빈 종이나 화면의 중앙에 주제를 쓴 다음 그와 관련해 떠오르는 생각(편의상 새끼 생각이라 하겠습니다)을 그 주변에 쓰고, 또 거기서 파생된 새끼의 새끼(?) 생각을 옆에 적는 식으로 생각의 지도를 그리는 거예요. 이때 떠오르는 생각에 대해 좋다, 나쁘다 평가하지 않고 되도록 그대로 적는 게 중요합니다. 브레인스토밍과 비슷하죠. 저는 지금처럼 긴 글을 쓸 때는 일단 마인드맵을 작성한 후 그 내용을 염두에 두고 생각나는 대로 문장을 써 내려갑니다. 계획을 세우는 시간을 아낄 수 있고 또 계획에 얽매여 불현듯 드는 생각을 놓치게 되는 사태도 막을 수 있죠. 그리고 내가 무슨 내용을 쓸지 대략 파악하고 있으니까 글을 쓰면서 느끼는 막막함도 줄어들어요.

Q. 한 문장 한 문장 공들여 쓸까요?

A. 취향대로 하세요.

뭐든 순차적으로 앞에 있는 것을 완성해야 뒤에 있는 것으로 넘어갈 수 있는 성격이라면 한 문장을 몇 번씩 고친 후에 다음 문장을 쓰셔도 좋고, 그렇지 않으면 그냥 생각나는 대로 끝까지 다 쓴 다음에 다듬는 것도 좋습니다. 아무래도 처음부터 공들여 쓰면 나중에 다듬는 시간이 줄어들겠죠. 하지만 자칫하면 글을 다 쓰기도 전에 질리거나 지칠 수 있어요. 저는 그때그때 내키는 대로 해요. 이 글만 해도 절반은 처음부터 고심하며 썼고 절반은 일단 생각나는 내로 빠르게 쓴 후에 갈아엎다시피 고쳐 썼습니다. 물론 항상 그렇게 갈아엎어야 하는 건 아니에요.

Q. 다 쓰고 나서 보니까 형편없어요.

A. 원래 그래요.

글이란 건 백 번을 보면 백 번 다 부족하고 고칠 부분이 보여요. 그러니까 초고는 얼마나 마음에 안 들겠어요. 오죽하면 헤밍웨이가 "모든 초고는 쓰레기다"라고 말했을까요. 아마 글을 보는 눈이 좋아질수록 자기 글이 더욱더 못마땅하게 보일 거예요. 근데 그건 내가 내 글을 잘 아니까 그런 거예요. 남들은 나처럼 내 글을 속속들이 뜯어보지 않는다는 것을 기억하세요.

Q. 글을 쓰려고 책상 앞에 앉기가 어려워요.

A. 그럼 앉지 마세요.

꼭 책상에서 글을 쓸 필요는 없습니다. 어디든 편한 데서 쓰세요. 예를 들면 거실 소파에서 노트에 글을 쓰고 나중에 컴퓨터로 옮겨 적는 것도 한 방법입니다. 저는 요즘 가볍게 쓰는 글은 침대에 누워서 아이패드로 씁니다. 누워서 쓰면 마음이 느슨해져서 잘 써야 한다는 부담감이 줄어서 좋아요. 집에서 글이 잘 안 써지면 밖으로 나가세요. 공원도 좋고 지하철도 좋고 카페도 좋습니다. 바깥에서 글이 더 잘 써질 수도 있어요. 집에 있으면 아무래도 가족과 집안일이 신경 쓰일 수밖에 없는데 밖에서는 그런 걸 잊을 수 있잖아요.

자, 정리해보죠. 글솜씨를 키우려면 이렇게 하세요.

1. 블로그에 쓴다.

2. 일주일에 세 번 이상 쓴다.

3. 최소 열 문장씩 쓴다.

4. 준비 없이, 부담 없이 편하게 쓴다.

이렇게만 하면 몇 달 후 분명히 글솜씨가 비약적으로 향상되어 있을 거예요. 글쓰기는 정직한 행위입니다. 쓰는 만큼 늡니다. 제가 해봐서 자신 있게 말씀드릴 수 있어요.

Tip

글쓰기 블로그는 어디가 좋을까요?

카카오에서 운영하는 브런치(brunch.co.kr)가 최고입니다. 과장 좀 보태서 요즘 인터넷에서 글 좀 쓴다고 하는 사람은 여기 다 모여 있어요. 출판사에서 신인 작가를 발굴하기 위해 주목하고 있는 곳이기도 하고요. 글 잘 쓰는 사람, 글 많이 쓰는 사람들 사이에 끼어 있으면 자연스럽게 나도 잘 쓰고 싶고, 많이 쓰고 싶다는 욕구가 생겨요. 그게 꾸준히 글을 쓰는 원동력이 될 거예요.

다만, 딱 한 가지 걸리는 부분이 있다면 심사를 거쳐야만 글을 쓸 수 있는 자격이 생긴다는 겁니다. 기존에 출간된 저서나 역서가 있다면 쉽게 통과되지만 그렇지 않다면 몇 개의 글을 미리 쓰거나 어디에 써둔 글을 제출한 후 합격 통보를 기다려야 해요.

일단 한번 도전해보시고, 만약 안 되면 진입 장벽이 없는 다른 블로그를 이용하다가 나중에 다시 도전해 보세요.

3

내가 덕질하는 분야부터
파보자

"번역 공부는 어떻게 하면 좋을까요?"

많은 번역가 지망생들이 고민하는 문제입니다. 답은 간단해요. 영어 독해력을 기르려면 원서를 많이 읽으면 되고, 글솜씨를 기르려면 글을 많이 쓰면 되듯, 번역 실력을 기르려면 번역을 많이 해보면 됩니다. 번역 공부법에는 크게 두 가지가 있어요. 혼자서 공부하는 것과 함께 공부하는 것. 먼저 혼자서 하는 공부에 대해 얘기해보죠.

혼자서 공부하는 방법은 일단 혼자서 어떤 텍스트를 정해서 번역해보는 겁니다. 예를 들면 인터넷 기사나 블로그 포스트를 번역하는 거예요. 무엇을 번역하느냐는 중요하지 않습니다. 어차피 번역가가 되면 어떤 텍스트든 번역할 수 있어야 하니까요.

제 얘기를 하자면 다시 2000년대 초반 공익 시절로 돌아갑니다. 그때 웹브라우저 파이어폭스가 세상에 처음 나왔어요. 지금은 후발 주자인 구글 크롬에 밀렸지만 당시만 해도 인터넷 익스플로러의 대항마로 큰 주목을 받았습니다. 파이어폭스의 최대 강점은 '확장 기능'을 설치할 수 있는 것이었는데, 파이어폭스 개발진 외에도 누구나 브라우저의 추가 기능을 개발 할 수가 있었어요. 예를 들면 오른쪽 버튼을 누른 채로 마우스를 왼쪽으로 움직이면 이전 페이지로 이동하는 것 같은 기능이요. 지금이야 다른 브라우저들도 유사한 시스템을 탑재하고 있지만 그때는 가히 혁신적이었습니다. 확장 기능은 파이어폭스 공식 웹사이트에서 검색하고 내려받을 수 있었는데 유감스럽게도 모든 설명이 영어로만 나와 있었어요. 그래서 제가 다양한 확장 기능에 대한 설명을 한국어로 번역해서 올리는 웹페이지를 운영했어요. 일부 확장 기능을 한

국어화하기도 했고요. 거기에 더해 뜻이 맞는 분과 확장 기능 개발법 안내서도 공동으로 번역했습니다.

재미있었냐고요? 글쎄요. 그리 재미있진 않았어요. 확장 기능 소개문도, 개발법 안내서도 문장이 단조롭고 딱딱해서 솔직히 말하자면 좀 지겨웠어요. 그래도 번역 활동을 꽤 오래 했습니다. 왜 그랬을까요? 사람들이 잘한다, 잘한다 해줬거든 요. 파이어폭스 이용자가 전체 인터넷 사용자 중에서 극소수 에 불과했지만 그래도 그 안에서 여러 사람이 제 노력을 응원 하고 격려해줬습니다. 그래서 우쭐했죠. 내가 뭐나 된 것 같았 어요. 그 우쭐함이 계속 번역하는 원동력이 됐습니다. 다만 개 발법 안내서는 중도에 포기했어요. 관심을 갖는 사람이 별로 없어서 실효성이 없다고 판단했기 때문이죠. 바꿔 말하면 남 들이 우쭈쭈 안 해주니까 힘 빠져서 관둔 거예요.

이 일을 계기로 혼자서 번역 공부를 할 때 중요한 게 뭔지 알게 되었어요. 바로 우쭈쭈. 고상하게 표현하면 사람들의 인 정이에요. 누군가 내 번역을 보고 도움이 됐다고, 고맙다고, 수고했다고 말해주니까 탄력을 받아서 계속 번역을 할 수 있 었는데, 그런 게 없으면 금방 포기하게 되너라고요. 왜냐하면 번역이란 게 익숙해지지 않으면 대단히 고단한 작업이거든요. 아무리 외국어를 잘하고 글을 잘 쓴다고 해도 두 가지 능력을 통합적으로 활용할 수 있으려면 상당한 시간과 노력이 필요한데, 숨 좀 쉴 줄 알고 다리 움직일 줄 안다고 바로 수영을 잘할 수는 없잖아요.

그래서 저는 번역 공부를 하려면 '덕질'의 일환으로 번역을 먼저 해보길 권합니다. 그래야 힘들어도 동료 덕후들의 응원으로 버틸 수 있어요. 가령 게임을 좋아한다면 신작 게임 소식이나 리뷰 같은 것을 번역해서 게임 커뮤니티에 올리는 겁니다. 그러면 분명히 고맙다는 댓글이 달릴 거예요. 얼마나 좋아요? 나는 번역 실력 뽐내고 사람들은 좋은 정보를 얻고 말이죠. 단, 이때 주의할 부분이 있습니다. 저작권 문제입니다. 엄밀히 말해 남의 글을 무단으로 번역해 올리는 것은 저작권 위반이에요. 물론 그것으로 영리 행위를 하지 않고 작가에게 피해가 가지 않는다면 소송을 당할 확률은 낮지만 도의적으로 영 찜찜하죠. 기왕이면 작가나 사이트 운영자에게 연락해 번역에 대한 허락을 받는 것이 좋습니다.

아무튼 이렇게 혼자서 번역을 하다 보면 자연스럽게 기본기가 길러집니다. 그런데 한계도 분명히 있어요. 번역에 대한 평가를 받을 수 없다는 거죠. 인터넷 커뮤니티에 번역물을 올

리더라도 굳이 어디가 틀렸다, 어디를 어떻게 고치면 더 좋겠다고 지적해주는 사람은 드물어요. 그런 걸 알면 분명히 번역 실력이 향상될 텐데 말이죠. 그래서 저는 함께 하는 번역 공부도 반드시 필요하다고 생각합니다. 어떻게 하냐고요? 스터디에 들어가거나 번역 수업을 듣는 거죠. 그러면 매주 과제 때문에 억지로라도 번역을 해야 하고 번역 첨삭을 받을 수 있으니 실력을 키우는 데 큰 도움이 됩니다.

스터디와 수업 중에 좋기는 수업이 더 좋아요. 수업을 진행하는 현직 번역가에게 첨삭을 받을 수 있으니까요. 아무래도 똑같이 공부하는 입장에 있는 번역가 지망생이 지적하는 것과 실전 경험이 많은 번역가가 지적하는 것에는 질적 차이가 있을 수밖에 없죠. 그 과정에서 자연스럽게 노하우를 전수받거나 출판계 사정에 대한 이야기도 들을 수 있고요. 또 번역 실력이 출중하다면 실제로 출판사와 계약을 맺을 가능성도 있어요. 다만 번역 수업의 단점은 서울에 집중되어 있다는 겁니다. 지방에서 수업을 들으려면 오가는 시간까지 포함해 최소 한나절은 써야 해요. 사실상 주말 수업 외에는 듣기가 어렵죠. 하지만 본격적으로 번역을 공부하겠다면 바쁘고 멀디라도 시간을 내서 수업 듣기를 권해요.

이때 수업을 듣는 시점은 한번 고민해볼 필요가 있습니다. 선생님이 줄 수 있는 게 아무리 많아도 본인이 그것을 받아들일 준비가 안 되어 있다면 소용이 없으니까요. 번역의 기본기가 잡혀 있지 않은 상태에서는 선생님이 이건 이렇다, 이건 이렇게 하는 게 좋다, 라고 설명해줘도 이해하지 못하고 응용하지 못하거든요. 아직 물에 뜨지도 못하는데 국가 대표 수영 선수가 와서 접영은 이렇게 하는 겁니다, 라고 시범을 보여줘봤자, 오, 잘하네, 라고 감탄만 할 뿐 내 것이 되진 않겠죠? 그러니까 일단은 혼자서 번역을 하거나 스터디를 하면서 나름대로 기초를 다진 후에 수업을 통해 부족한 부분을 채우는 게 좋습니다. 최소한 번역이 무엇인지 맛이라도 보고 수업을 들어야 해요.

제 경우에는 2007년에 바른번역에서 운영하는 글밥 아카데미에서 입문반과 전문반 수업을 들었어요. (현재는 입문반, 심화반, 실전반으로 운영됩니다.) 말했다시피 2000년대 초반부터 혼자서 번역을 하면서 기본기를 다졌기 때문에 현직 번역가 선생님들의 말씀이 귀에 쏙쏙 들어왔어요. 그리고 제 자랑이긴 하지만 번역 일을 시작해도 괜찮겠다는 평가를 받았어요. 간신히 번역계의 문턱을 넘을 만한 능력은 됐다는 거죠.

그래서 2008년 1월에 선생님의 추천으로 바른번역에서 첫 일감을 받았습니다. 그게 저의 첫 역서인《더 리치: 부자의 탄생》(공역)입니다.

자, 정리해볼게요. 번역 공부는 이렇게 하시면 됩니다.

1. 관심 분야의 글을 번역하며 기본기를 키운다.
2. 번역문을 인터넷 커뮤니티에 올려 동력을 확보한다.
3. 기본기가 잡혔으면 수업을 듣는다.

이것으로 저를 번역가로 만든 세 가지 습관을 모두 말씀 드렸습니다. 간단히 말하자면 꾸준히 읽고, 쓰고, 번역하기입니다. 어떻게 보면 참 뻔한 습관이죠. 간단한 습관이고요. 그런데 유지하기란 사실 쉽지 않습니다. 이 세 가지를 병행하려면 하루에 최소 한 시간은 내야 하는데 바쁜 일상에서 그런 여유 시간을 내기가 웬만한 의지력으로 되는 일인가요. 더욱이 그렇게 읽고 쓰고 번역한다고 해도 번역가가 된다는 보장이 없으니까 그나마 있는 의지마저도 꺾이기 십상입니다.

사실 번역계에 들어오는 문은 길게 깔린 울타리 어딘가에

난 개구멍과도 같아요. 찾기도 어렵고 통과하기도 어렵다는 말이죠. 출판번역계에는 공채 시스템이 없습니다. 번역가 지망생들이 가장 난감해하는 문제가 도대체 어떻게 해야 번역 일감을 얻을 수 있는지 알 수가 없다는 거죠. 어디서도 공개적으로 번역가를 뽑는다고 지원을 받지 않으니까요. 이 문제는 제가 번역 수업 듣기를 권하는 이유 중 하나이기도 합니다. 번역 아카데미 선생님이나 수업을 운영하는 번역 에이전시를 통하게 되면 출판계와 실낱같은 연줄이나마 생기거든요. 설령 부실한 줄이라고 해도 있고 없고는 천지차이입니다. 물론 수업을 듣는다고 다 번역가가 되진 않아요. 저와 같이 수업을 들은 분 중에서도 실제 번역가로 활동하는 사람은 소수에 불과합니다. 모든 수강생에게 번역 일감을 줄 수 있을 만큼 출판계에서 신인 번역가를 많이 찾는 게 아니니까요. 같이 수업을 듣는 사람들끼리 보이지 않는 경쟁을 해야 하기도 하고, 또 이미 수업을 다 듣고 일감을 따기 위해 노력하고 있는 수료생들도 있으니 그들과도 경쟁해야 합니다.

이런 말 해도 될지 모르겠지만 그 개구멍을 찾아서 비집고 들어가는 건 솔직히 운칠기삼입니다. 실력을 기르는 건 기본이고 운이 따라야 해요. 저는 운이 좋았어요. 시간 많던 대학생과 공익 시절에 혼자서 번역하면서 기초를 다진 후 글밥 아카데미가 처음 생겼을 때 수업을 들었거든요. 첫 수료생이어서 경쟁자가 별로 없어서 쉽게 일을 받을 수 있었죠. 그렇다 보니 제가 '이렇게 하면 번역가가 될 수 있다'라고 말씀드리는 건 주제넘은 짓일지도 모르겠네요. 다만 이런 말씀은 드릴 수 있어요. 대학원 시절에 교수님에게 들은 이야기인데요, 공교롭게도 첫 번째 습관의 첫 문장을 장식한 명언, "너희 중에는 나중에 영문과 나왔다는 게 부끄러울 사람도 있을 거야"라고 했던 그 교수님의 말씀이에요.

"행운의 여신은 뒤통수가 대머리야. 그래서 나한테 달려올 때는 확 잡아챌 수 있지만 이미 지나가고 난 후에는 잡고 싶어도 잡을 머리칼이 없지."

행운의 여신이 언제 달려올지 모르니 그전에 실력을 다지며 준비하는 수밖에 도리가 없습니다. 그리고 행운의 여신이 코빼기라도 비추면 인정사정없이 붙들고 번역가 시켜줄 때까지 절대 놓지 않을 수 있는 힘을 길러야 합니다.

Tip

번역 수업은 되도록 현직 번역가가 수강생의 번역 과제를 첨삭해 주는 수업을 선택하세요. 빨간 줄이 죽죽 그어진 첨삭지만큼 번역 실력을 키워주는 게 없습니다. 정기적으로 번역 수업을 진행하는 곳은 다음과 같습니다.

– 글밥 아카데미

– 한겨레교육

– KT&G 상상마당 아카데미

간혹 번역가가 되기 위해 번역대학원에 진학하면 어떻냐고 묻는 분도 계신데 번역대학원은 가성비가 떨어져요. 한 학기에 등록금 500만 원씩, 2년 동안 2,000만 원은 내고 다녀야 하는데 그런다고 번역가가 된다는 보장이 없습니다. 번역 공부를 심도 있게 하고 싶다면 모르겠지만 단순히 번역가가 되기 위한 방편으로 대학원에 가는 것은 권하지 않습니다.

25분씩 집중하는
뽀모도로 기법 아세요?

"지금 네가 일하는 방식은 별로
효율적이지 않은 것 같은데······."

제가 2010년에 같이 사무실을 쓰던 프로그래머 형님으로부터 들은 말입니다. 저 말만 하고 말았다면 괜한 오지랖이라고 해도 할 말이 없겠지만 형님은 제게 작업 효율을 개선할 획기적인 방법을 알려줬어요. 그게 뭔지 이야기하기 전에 우선 기존의 제 작업 방식에 대해 말해보죠.

앞의 글에서 말했다시피 저는 2008년 1월부터 번역 일을 시작했는데요, 처음에는 제가 생활하던 원룸이 곧 작업실이었습니다. 일어나서 책상 앞에 앉으면 그게 출근이었죠. 등 뒤로는 샌드위치처럼 이불을 물고 반으로 접힌 요가 놓여 있고, 그 옆으로 전자레인지, 냉장고, 싱크대가 서 있었어요. 낮에 번역할 때 쓰는 모니터로 저녁에는 텔레비전을 봤죠. 한마디로 생활 공간과 업무 공간이 전혀 분리되어 있지 않았습니다.

이럴 때 단점은 업무 중에 다양한 생활의 유혹을 받는다는 겁니다. 일하다가 뒤돌아봤는데 이부자리가 보이면 왠지 누워서 자고 싶고, 갑자기 냉장고가 덜덜거리면 괜히 열어서 뭐라도 꺼내 먹고 싶고, 무엇보다도 저녁에 같은 자리에 앉아서 같은 모니터로 방송을 보니까 일하다가도 딴짓하고 싶어지죠. 그 유혹에 넘어가면 하루 공치는 거 순식간입니다. 딱 20분만 자야지 하고 이불 덮고 누웠다가 일어나면 알람은 언제 꺼졌는지 두 시간이 지나 있어요. 점심 먹고 소화할 겸 딱 30분만 드라마 봐야지 하면 어디 중간에 끊기가 쉽나요? 다음 편까지 안 넘어가면 다행이죠. 더욱이 그때는 그냥 무작정 엉덩이 붙이고 있는 게 일하는 방식이었어요. 한 시간 일하고 10분 쉬고도 아니고, 앉아서 일할 만큼 하다가 피곤하다 싶으면 좀 쉬고, 다시 일하고 하는 식이었어요. 그렇게 매일 9시부터 6시까지만 일하자는 게 목표였죠. 그러다 어느 날 글을 하나 읽었어요. 자신이 실제로 일하는 시간이 궁금해서 재 봤더니 앉아 있는 시간에 훨씬 못 미쳐서 깜짝 놀랐다는 글이었죠. 그래서 저도 한번 재 봤어요. 저도 똑같았어요. 9시부터 6시까지 점심시간 한 시간을 빼면 꼬박 여덟 시간 동안 앉아 있는데(물론 온갖 유혹에 넘어가지 않았을 경우에) 실제로 일하는 시간은 4~5시간 정도밖에 안 되는 거예요. 중간중간 머리 식힐 겸 딴짓하고(특히 웹 서핑!) 멍하게 보내는 시간이 많았던 거죠.

이래서는 안 되겠다 싶었어요. 그래서 노트북을 구입해서 카페로 갔습니다. 한나절은 집에서, 한나절은 카페에서 일했죠. 집에 종일 앉아 있는 것보다는 집중이 잘 됐어요. 맨날 집에만 있다가 카페에 나와서 커피 한 잔씩 마시며 일하니까 진짜 프리랜서가 된 기분도 들었고요. 그런데 카페가 일하기 편한 곳은 아니었어요. 우선 대학가라 그런지 손님이 많아서 시끄러웠고요, 음료 한 잔 시켜놓고 너무 죽치고 앉아 있으면 누가 대놓고 눈치 주진 않아도 왠지 눈치가 보였습니다. 그리고 화장실 가기도 불편했어요. 노트북을 들고 가자니 번거롭고 그렇다고 두고 갔다가 누가 훔쳐 가면 어쩌나 싶기도 하고요. 없는 돈에 겨우 장만한 건데. 또 카페는 왠지 차려입고 가야 할 것 같았어요. 대학가라서 한껏 꾸민 학생들이 많은데 집에서 입던 트레이닝복 대충 걸치고 가면 너무 백수 같잖아요.

그렇게 한달쯤 카페에 다니다가 더 좋은 방법이 없을까 해서 찾아봤어요. 마침 국립 중앙도서관에 노트북 열람실이 있어서 타자를 해도 된다네요? 그래서 소음이 적은 실리콘 재질의 무선 키보드를 사서 매일 그곳으로 출근했습니다. 처음에는 좋았어요. 아침에 지하철 타고 가니까 왠지 번듯한 직장으로 출근하는 회사원이 된 것 같은 기분이었어요. 도서관도 널찍하니 좋더라고요. 근데 그것도 한 달 지나니까 못해 먹겠다 싶었습니다. 매일 아침저녁으로 한 시간 거리를 오가는 게 쉬운 일이 아니었어요. 그것도 사람이 미어터지는 '지옥철'을 타고 말이죠. 그래서 또 다른 방법을 찾아봤더니 신촌과 홍대 쪽에 프리랜서들을 위한 공유 사무실이 꽤 많았어요. 그래서 그중 한곳에 들어갔습니다. 작은 공간에 책상 몇 개 놓인 조촐한 사무실이었어요. 아주 쾌적하진 않았지만 가격이 저렴했죠. 거기서 만난 게 바로 위에서 말한 프로그래머 형님입니다.

그때 제 작업 방식이 어땠냐 하면 한 시간 일하고 10분 쉬는 식이었어요. 근데 해보신 분은 알 거예요. 이제 한 30분 지났나 하면 아직 15분밖에 안 지났고, 도대체 언제 한 시간이 다 되나 하고 자꾸만 시계를 보게 되잖아요. 시계를 봤는데 아직 시간이 한참 남았으면 그렇게 힘 빠지는 일이 없어요. 왠지 일도 더 지겨워지고요. 그게 집중력을 떨어뜨리는 주원인이었죠. 그걸 간파한 형님이 제게 가르쳐준 게 지금부터 소개할 뽀모도로 기법입니다. 사실 소개고 자시고 할 것도 없을 만큼 간단해요. 25분 일하고 5분 쉬는 것을 반복하는 게 다거든요. 아, 그렇게 네 번을 반복했으면 20~30분씩 길게 쉬어주고요. 정말 그게 다예요.

처음에는 이게 뭐야, 싶었습니다. 25분이라니 너무 짧잖아요. 집중 좀 하려고 하면 쉬는 시간이 돼서 흐름이 끊길 것 같았어요. 하지만 안 그래도 제 작업 방식이 별로 효과적이지 않다고 고민하는 중이었기 때문에 반신반의하며 한번 써보기로 했죠. 그때가 2010년이었는데요, 10년이 지난 지금까지도 그 방법을 고수하고 있어요.

저한테는 이만큼 효과적인 작업 방식이 없는 깃 같아요. 그 장점을 말해보자면요, 일단 만만합니다. 생각해보세요. 10

　– 뽀모도로 기법(Pomodoro Technique)은 시간 관리 방법론으로 1980년대 후반 '프란체스코 시릴로'(Francesco Cirillo)가 제안했다. 타이머를 이용해서 25분간 집중해서 일한 다음 5분간 휴식하는 방식이다. '뽀모도로'는 이탈리아어로 토마토를 뜻한다. 프란체스코 시릴로가 대학생 시절 토마토 모양으로 생긴 요리용 타이머를 이용해 25분간 집중 후 휴식하는 일 처리 방법을 제안한 데서 그 이름이 유래했다. (출처 : 위키백과)

분 쉬고 나서 다시 한 시간 일하려고 자리에 앉으면 어떠세요? 모르긴 몰라도 후, 한숨부터 나올 거예요. 한 시간은 놀려면 짧지만 일하려면 무척 긴 시간입니다. 그런데 25분은요? 훨씬 마음이 가볍습니다. 부담이 없으니까 시간도 훨씬 잘 가고요. 해보시면 알겠지만 뭐야, 벌써 시간이 다 갔어, 싶을 때가 많아요. 시간이 잘 간다는 건 그만큼 집중이 잘 된다는 겁니다. 몰입하고 있다는 거죠. 다른 일도 그렇겠지만 번역은 집중력이 중요합니다. 잠시라도 정신이 흐트러지면 원문을 오해하기 쉽고 매끄러운 문장이 나오지 않거든요. 보통은 집중력을 유지하려고 라디오 같은 것도 틀지 않고 정적 속에서 일하죠.

이렇게 25분 단위로 끊어서 일하면 총 작업 시간을 정확히 알 수 있다는 것도 장점입니다. 반대로 한 시간 단위로 일하면서 중간에 딴짓도 좀 하고 한숨도 좀 쉬다 보면 내가 정확히 몇 시간을 일했는지 모르죠. 물론 그 한 시간을 온전히 몰입해서 일한다면 얘기가 달라지겠지만 말씀드렸다시피 그게 쉬운 일은 아니잖아요.

자기가 얼마나 일하는지 정확히 알면 날마다 총 작업 시간을 일정하게 유지하기가 쉬워집니다. 구체적인 수치가 있으면 마음가짐이 달라지거든요. 막연히 9시부터 6시까지 앉아 있겠다고 하는 게 아니라 매일 25분씩 15탕을 뛰겠다고 좀 더 세밀하게 목표를 세울 수 있고, 실제로 그 목표를 달성하려고 노력하게 됩니다. 그러면 매일 꾸준히 일정량의 작업물을 생산하게 되죠.

꾸준함은 번역가에게 정말 중요한 문제입니다. 프리랜서라고 하면 일하고 싶을 때만 일하고 놀고 싶을 때는 놀아도 되는 사람이라고 생각하기 쉽지만, 그래서는 결국 막판에 가서 벼락치기로 날림 번역을 할 수밖에 없습니다. 그러면 마감일은 어떻게 지킨다고 하더라도 번역 품질이 떨어지니 시장에서 설 자리가 점점 좁아져요.

꾸준함을 유지하려면 하루 동안 일한 시간만이 아니라 번 돈을 기록해두는 것도 좋습니다. 번역료는 보통 200자 원고지 한 장에 얼마 하는 식으로 책정되니까 오늘 생산한 번역 원고가 몇 장인지 알면 얼마나 소득을 올렸는지도 알 수 있거든요. (원고지 매수는 번역가들이 주로 쓰는 한컴 한글에서 다 계산해줍니다.) 내 손에 떨어지는 돈이 얼만지 알면 좀 게을러지려다가도 다시 마음을 다잡게 돼요.

사실 이 뽀모도로 기법은 일반 직장 생활에는 접목하기가 어려운 부분이 있습니다. 내가 25분간 집중하고 싶다 하더라도 그사이에 누가 말을 걸거나 전화가 오면 무시할 수가 없잖아요. 근데 번역가는 괜찮아요. 어차피 혼자 일하니까요. 혹시 누가 옆에 있더라도 말은 좀 이따 걸라고 하고 전화가 오면 무음으로 돌렸다가 나중에 다시 걸면 돼요. 그런 면에서 프리랜서에게 최적화된 작업 방식이죠.

혹시 현재의 작업 방식에 만족하고 있다면 모르겠지만 그렇지 않다면 한번 써보시길 권합니다. 쉽고 만만한데 효과적이기까지 하거든요. 시간은 자유롭게 조절하셔도 돼요. 25분이 너무 짧다 싶으면 30분으로 늘리세요. 얼마나 효과적이냐고요? 저는 이 뽀모도로 기법을 쓴 후 2012년부터 지금까지 쭉 집에서 일하고 있습니다. 그간 원룸에서 투룸으로, 또 아파트로 거처를 옮겼지만 집에서 일하는 건 똑같아요. 집에서 일이 잘 안된다고 카페, 도서관, 작업실을 전전하다가 결국 다시 집으로 돌아온 거죠. 그만큼 집중이 잘됩니다.

다만 최근에는 아이가 태어나서 어떻게 해야하나 고민입니다. 고 쪼그만 녀석이 거실에서 울고 소리를 지르면서 난동(?)을 피우면 아무리 서재에서 일한나고 해도 집중력이 확 흐트러지는데 또 예쁘고 귀여운 짓 하는 걸 아내만 보게 하자니 너무 아까워서요. 일단은 중간중간 애 보고(주 양육자는 아내지만) 집안일도 해야 하는 것을 감안해서 하루에 12탕 뛰는 것을 목표로 일하고 있습니다.

자, 이번 습관은 정리가 참 간단하죠?

1. 25분 일하고 5분 쉬는 식으로 일한다.
2. 하루에 몇 탕을 뛸지 목표를 세우고 지킨다.
3. 하루에 몇 탕을 뛰었는지 기록한다.

참고로 뽀모도로 앱은 검색하면 많이 나와요. 저는 맥에서 'Be Focused'를 씁니다. 앱을 쓰면 그때그때 일해라, 쉬어라 알려주고, 집중하라고 째깍째깍 소리도 내주고(의외로 그 소리를 들으면 집중이 잘됩니다), 날마다 얼마나 일했는지 기록해서 그래프로 보여주니까 그냥 타이머만 이용하는 것보다 훨씬 효과적이에요.

자, 그러면 다 같이 뽀모도로의 세계로 들어가 볼까요?

Tip

5분 쉴 때마다 그냥 쉬면 될까요? 저는 간단한 스트레칭을 추천해 드립니다. 번역가는 종일 같은 자세로 일하니까 수시로 몸을 풀어줘야 해요. 특히 목, 어깨, 허리에 신경 써야죠. 스트레칭이라고 어렵게 생각할 것 없습니다. 서울대병원 재활의학과 정선근 교수님이 추천하는 간단한 스트레칭법이 있습니다.

일단 허리를 쭉 펴세요. 그리고 양쪽 어깨뼈를 붙인다는 느낌으로 양팔을 뒤로 당기면서 가슴을 엽니다. 턱을 들면서 고개를 천천히 뒤로 젖힙니다. 간단하죠? 저는 이렇게 스트레칭을 하면서 고질병이던 어깨 뭉침이 많이 줄었어요.

집중력을 키우는 메모 습관

"어느 때부터인지 나는 메모에 집착하기 시작하여,
오늘에 와서는 잠시라도 이 메모를 버리고는 살 수 없는,
실로 한 메모광이 되고 말았다."

저처럼 90년대에 학창 시절을 보낸 분들이라면 어렴풋이 기억나실 거예요. 당시 국어 교과서에 실렸던 이하윤의 〈메모광〉이라는 수필의 시작 문장입니다. 이희승의 〈딸깍발이〉, 윤오영의 〈방망이 깎던 노인〉과 함께 20여 년이 지난 지금도 제기억 속에 남아 있는 몇 안 되는 교과서 글 중 하나예요. 그 시

절에 읽었을 때는 어려서인지 그다지 공감이 가지 않았어요. 뭐 하러 시시콜콜한 것까지 다 메모하지, 참 피곤하게 사네, 라고 생각했던 기억이 납니다. 저는 메모는커녕 수업 필기조차 잘 안 하는 성격이었거든요. 그랬던 제가 요즘은 메모를 하고 있습니다. 다른 때는 몰라도 일할 때는 메모장을 요긴하게 이용합니다.

왜 메모를 하냐고요? 위의 수필에 나오는 구절로 대답할게요. "생각났던 것을 생각하나, 그것이 무엇인지를 알아내지 못할 때의 괴로움과 안타까움은 거의 나를 미치기 직전에까지 몰아가곤 한다." 정말 그래요. 10년 전만 해도 뭐든 번뜩번뜩 기억했던 것 같은데 요즘은 방금 생각했던 것도 돌아서면 잊어버린단 말이죠. 나이가 들어서인지, 아니면 스마트폰만 믿고 아무것도 안 외워 버릇해서인지 모르겠지만 여하튼 기억력이 예전 같지 않습니다. 분명히 조금 전에 '아, OOO 해야지'라고 생각했는데 그게 뭔지 기억이 안 나면 얼마나 답답한지 몰라요.

물론 생각날 때 바로 실행해버리면 굳이 기억하지 않아도 되겠죠. 하지만 그게 항상 좋은 방법은 아닌 것 같아요. 일할 때 떠오르는 생각을 모두 행동으로 옮기다 보면 일에 집중할 수가 없을 테니까요. 한창 번역 일을 하고 있는데, 문득 '참, 우유 떨어졌지?'라는 생각이 든다고 해보죠. 바로 마트 앱을 켜서 장바구니에 넣을 수도 있겠지만 그러자면 번역의 흐름이 끊깁니다. 누차 말하지만 번역은 고도의 정신 작업인 만큼 집중력, 몰입이 매우 중요해요. 그런데 고작 2,000원짜리 우유 때문에 값으로 매길 수 없는 몰입을 해치다니 절대 있을 수 없는 일이죠. 이럴 때 '이따 쉬는 시간에 우유 넣자'라고 생각할 수도 있어요. 그런데 나중에 가서 해야 할 일을 잊어버리지 않으려고 머릿속으로 계속 '우유, 우유, 우유, 잊지 마!'라고 되뇌어야 한다는 문제가 발생하는 거죠. 역시 집중력을 해치죠. 해법은 간단합니다. 바로 메모죠. 어떤 생각이 떠오르면 곧장 메모해두고 잊어버리는 거예요. 그래서 저는 키보드 옆에 항상 메모장을 둡니다.

제가 메모하는 내용은 크게 6가지로 나눌 수 있어요. ①사야 할 것 ②해야 할 일 ③읽어야 할 책 ④글감 ⑤번역 수정 사항 ⑥번역 중 막히는 문장. 이중 ①~④번은 메모장에 기록합니다. 저는 리갈 패드를 써요. 노란 종이에 줄이 쳐진 메모장인데요, 가격이 저렴하고 한 장씩 깔끔하게 뜯어서 버릴 수 있다는 게 장점입니다. 5번은 메모 앱을 이용하고 6번은 번역 원고에 직접 기록합니다. (어떤 메모 앱을 쓰는지는 이 글 끝의 팁을 참조해주세요.)

하나씩 살펴볼게요. ①'사야 할 것'은 시간 소요가 큰일은 아니니 25분 일하고 쉬는 시간에 해결해요. 그러나 ②번 '해야 할 일'은 왼쪽에 예상되는 소요 시간을 적습니다. 그래서 5분 안에 해결될 일은 25분 일하고 5분 쉬는 시간에 처리해요. 시간이 더 걸리는 일은 나중에 길게 쉴 때나 업무가 끝난 후에 처리하고요. ③번 '읽어야 할 책'은 번역에 필요한 책을 말합니다. 번역하다 보면 원문에서 언급되는 책이 많아요. 그중에는 꼭 읽어야 하는 책이나 읽으면 번역에 도움이 되겠다 싶은 책들이 있기 마련이죠. 그런 책은 모두 기록해뒀다가 몰아서 주문하거나 도서관에서 빌려옵니다. ④번 '글감'은요, 제가 나중에 '습관 17. 브런치에 꾸준히 글을 씁니다'에서 얘기할 내용과 관련이 있어요. 저는 번역가로만 남지 않고 작가가 되기 위해 꾸준히 글을 쓰고 있거든요. 그런데 항상 글감이 샘솟진 않잖아요? 큰맘 먹고 글을 쓰려고 하는 데 뭘 써야 할지 막막한 순간이 생겨요. 이럴 때 미리 기록해놓은 글감이 있으면 쓸 게 없다는 핑계로 글쓰기를 나중으로 미루는 것을 방지할 수 있어요. 이렇게 메모장에 기록한 내용 중에서 장기적으로 보관해야 할 것은 일과를 마친 후 따로 메모 앱에 저장합니다. 저는 다 쓴 메모지를 보관하는 성격은 아니어서요. 그때그때 세단기에 갈아버려야 직성이 풀리거든요.

이제 번역과 관련된 메모입니다. ⑤번 '번역 수정 사항'은 번역 원고에 직접적으로 영향을 미치는 항목이에요. 앞서 번역한 내용 중에서 수정해야 할 부분을 말합니다. 가령 5장까지 'meeting'을 '회의'라고 번역했는데 6장을 번역하다 보니까 '미팅'이나 '면담'이 더 어울릴 것 같다는 생각이 들면 일단 메모 앱에 저장해둬요. 이렇게 메모해 놓은 수정 사항은 바로 처리하지 않고 어느 정도 시간이 지난 후에 다시 한번 생각해봅니다. 과연 그 표현으로 바꾸는 게 맞는지. 처음에 생각했던 표현이 더 잘 어울리는지. 그렇게 여유 있게 생각한 후에도 바꿔야겠다는 판단이 서면 그때 가서 수정해요.

⑥번 '번역 중 막히는 문장'도 번역 원고와 직접적인 관련이 있는 부분입니다. 번역을 하다 보면 이 문장이 정확히 어떤 뜻인지 확실히 이해가 안 갈 때가 있습니다. 이때 대응법은 크게 세 가지입니다.

첫째, 제가 모르는 내용이 나와서 이해가 안 되는 경우에는 조사를 해봐요. 가령 미국의 선거제와 관련해 '프라이머리'와 '코커스'라는 예비선거 방식을 운운하는 문장이라고 하면 그게 구체적으로 뭔지 찾아보는 거죠.

둘째, 분명히 다 아는 단어들로 구성된 문장인데 저자가 정확히 무슨 말을 하고 있는지 분간이 안 될 때가 있어요. 이 때는 일단 원문을 번역 원고에 그대로 써 놓고 넘어갑니다. 왜, 학창 시절에 선생님들이 그러잖아요? 시험 칠 때 헷갈리는 문제가 있으면 그것만 붙잡고 있지 말고 일단 다른 문제를 풀라고요. 어차피 지금 고민한다고 풀리지도 않을 문제 때문에 귀한 시간 낭비하지 말라는 뜻이죠. 그런 문제는 다른 문제를 풀고 다시 보면 또 해법이 보이는 경우가 있어요. 번역할 때도 마찬가지입니다. 막히는 문장은 뒤의 문장들을 번역하다 보면 자연스럽게 이해될 때가 있어요. 내가 모르는 정보가 있어서 이해가 안 되는 게 아니라면 십중팔구는 문맥이 정확히 파악되지 않아서 의미가 정확히 보이지 않는 겁니다. 그러니까 계속 그 문장만 붙들고 고민하는 것보다는 뒷부분을 번역하면서 전체적인 맥락을 짚고 나면 비로소 문제가 풀리곤 하죠.

셋째, 자료를 조사하거나 문맥을 파악하는 것으로도 해결되지 않는 문장도 분명히 존재합니다. 이럴 때는 별수 없어요. 저자에게 문의해야죠. 이럴 때에도 번역 원고에 원문을 그대로 기록해 놓습니다. 그리고 나중에 저자에게 문의할 때 어디에 나오는 문장인지 정확히 알려줄 수 있도록 쪽수도 함께 기록하고 검색으로 쉽게 찾을 수 있도록 끝에 '##'라고 써 둬요.

왜 바로 저자에게 문의하지 않냐고요? 두 가지 이유가 있는데요. 하나는 문단 단위, 챕터 단위로 볼 때는 이해가 되지 않던 문장이 나중에 최종 검토 과정에서 원고를 처음부터 끝까지 죽 읽어 내려가다 보면 문득 이해될 때가 있기 때문입니다. 또 하나는 저자도 바쁜 사람인데 수시로 물어보는 것보다는 번역이 마무리되는 시점에 몰아서 물어보는 게 저자의 시간을 존중하는 것이라고 생각하기 때문이죠. 제가 지금까지 10년 넘게 번역을 했지만 당장 저자에게 물어보지 않으면 번역 작업 전체에 차질이 빚어지는 문장은 본 적이 없어요. 모두 막판까지 기다렸다 물어봐도 됐다는 말이죠.

하나 더 말씀드리자면 제가 '습관 2. 레벨 4 정도의 글을 쓰는 방법'에서 소개한 마인드맵도 일종의 메모에요. 글을 쓰기 전에 머릿속에 있는 상념을 모두 *끄*집어내 기록해 놓는 거죠. 막연히 생각만 하는 게 아니라 그렇게 눈에 보이는 형태로 저장을 해놔야 글을 쓸 때 참고할 수 있고 다 쓰고 나서도 혹시 쓸 만한 내용이 있는데 빠뜨리진 않았는지 확인할 수 있어요.

이번 습관도 정리하자면 간단합니다.

1. 번역 중에 떠오르는 생각은 메모하고 잊어버린다.
2. 번역 중에 막히는 문장은 일단 원고에 적어 놓고 넘어간다.
3. 쉬는 시간이나 일과 후에 메모를 확인해 처리 가능한 일은 재빨리 해결한다.
4. 저자에게 물어봐야 할 것은 한 번에 몰아서 물어본다.

이렇게 메모를 생활화했을 때의 장점은 말씀드렸다시피 집중력 향상입니다. 번역은 집중력이 생명이에요. 집중력을 극대화하는 게 원고의 품질을 향상하고 같은 시간에 더 많은 문장을 번역하는 비결이죠. 저는 메모를 비롯해 집중력을 키우는 데 도움이 되는 습관(습관 4~6번)의 힘으로 10년이라는 고비를 넘기고 아직도 번역가로 잘살고 있습니다.

Tip

에버노트(Evernote)나 노션(Notion) 같은 메모 앱을 이용하면 메모 효율이 높아집니다. 컴퓨터, 폰, 태블릿의 메모가 자동으로 동기화되기 때문에 언제 어떤 기기로든 메모를 기록하고 열람할 수 있어요. 카테고리, 태그, 검색 기능을 이용해 원하는 메모를 쉽게 찾을 수도 있고요. 텍스트만 아니라 이미지, 파일도 함께 저장할 수 있죠. 저처럼 필체가 형편없는 사람은 나중에 메모 내용을 못 알아봐서 난감해지는 상황도 막을 수 있습니다.

저는 노션에 위에서 말한 1~5번 항목은 물론이고 번역료 지급 현황, 번역 참고 자료, 번역 일정, 영어와 한국어 단어장, 각종 서류 등 많은 것을 보관합니다. 개인 데이터베이스로 이용하는 거죠. 시중에 다양한 앱이 나와 있으니 실물 메모장을 휴대하고 보관하는 것이 불편한 분들은 한번 이용해보세요.

6

방해가 되는 건 죄다 없애버리는
미니멀리즘

"눈에서 멀어지면 마음에서도 멀어진다."

아마 많이 들어보셨을 거예요. 자주 안 보면 자연스레 사이도 멀어진다는 속담입니다. 그런데 오늘 저는 정반대되는 말을 하려고 합니다. 눈에서 멀어져야 마음에서도 멀어진다! 번역할 때 꼭 필요한 말입니다. 집중력을 향상하기 위해서요.

앞서 두 번에 걸쳐 집중력을 이야기했는데, 번역은 그만큼 집중력이 필요한 일입니다. 뭐든 눈에 보이면 마음이 가고 관심이 가요. 일하다가 휴대폰이 보이면 괜히 켜보고 싶고, 덮어놓은 책이 보이면 괜히 펼쳐보고 싶죠. 학창 시절에 그런 기억 다들 있으실 거예요. 시험공부 하겠다고 책상에 앉았는데 주변이 너무 어수선해서 일단 정리부터 하자고 이것저것 치우다 날 샌 기억. 그렇게 청소부터 하는 건 물론 공부가 하기 싫어서이기도 하지만 주변이 깔끔하게 정돈되어 있어야 본능적으로 집중이 잘 된다는 것을 알기 때문입니다.

저는 작업 환경에 대해서만큼은 미니멀리즘을 추구해요. 책장 한구석에 《아무것도 없는 방에 살고 싶다》라는 책이 꽂혀 있는데요, 방은 그렇게 못 해도 책상만큼은 아무것도 없는 상태에 가깝게 만들어 놓죠. 긴말하기 전에 일단 제 책상 한번 보시죠. 구성품은 이렇습니다. 모니터, 키보드와 트랙패드, 메모장, 원서와 독서대, 휴대폰, 물. 하나씩 얘기해보죠.

모니터

아는 분은 아실 텐데 사실은 모니터가 아니라 애플에서 나온 일체형 컴퓨터 아이맥입니다. 2015년에 샀으니까 벌써 5년째 사용 중인데 지금까지 사용했던 어떤 컴퓨터보다 만족스럽습니다. 별도의 본체 없이 모니터 안에 모든 부품이 다 들

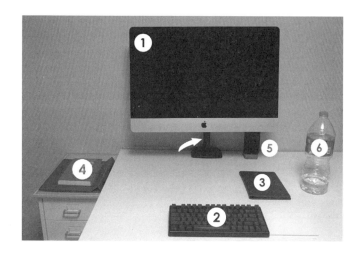

- 제가 매일 번역 일을 하는 책상입니다.
①모니터 ②키보드와 트랙패드 ③메모장 ④번역 원서와 독서대
⑤휴대폰 ⑥물

어 있어서 공간을 적게 차지하고 당연한 말이지만 본체와 연결하는 선이 필요 없다는 게 미니멀한 작업 환경을 추구하는 제 마음에 쏙 듭니다. 그리고 미니멀리즘과는 상관없는 얘기지만 화면에 글씨가 미려하게 표시되는 게 종일 텍스트를 보는 사람에게 큰 장점이에요. 스티브 잡스가 대학을 중퇴한 후 캘리그래피 강의를 청강했고, 그 영향으로 이후 애플 컴퓨터를 만들 때 서체의 표현에 심혈을 기울였다는 것은 유명한 이야기입니다. 그래서 맥은 전통적으로 실제 인쇄물에 가깝게 글씨를 표현하는 것을 추구했죠. 문자를 선명하게 보여주기 위해 선이 다소 거칠게 표현되는 것을 감수했던 윈도우와는 방향이 달랐죠. 이제는 윈도우도 표현 방식이 개선됐다고 하지만 여전히 제 눈에는 맥의 글씨가 훨씬 보기 좋습니다. 예전에는 맥에서 한글이 흐릿하게 표현되는 문제가 있었지만 고해상도 시대에 와서는 그런 문제도 깨끗이 사라졌어요. 이제 제게는 완벽한 머신입니다. (제가 애플 마니아라는 걸 감안하고 들으세요.) 참고로 아이맥 아래의 화살표는 모니터 암입니다. 화면을 보기 편한 높이에 맞추기 위해 기본 스탠드 대신 쓰고 있어요.

키보드와 트랙패드

둘 다 무선입니다. 저는 책상 위로 선이 지나가는 꼴이 너무 싫어요. 확 잘라버리고 싶어요. 그래서 무조건 무선만 씁니다. 아이맥 뒤로도 선이 안 보이죠? 모두 모니터 암 뒤쪽에다 숨겼습니다. 말했다시피 꼴 보기 싫어서요. 옆에서 보면 보이지만 어차피 일할 때는 앞에서만 보니까 괜찮아요. 참고로 마우스가 아닌 트랙패드를 쓰는 이유는 순전히 편해서입니다. 마우스는 손으로 쥐어야 하는데 트랙패드는 키보드를 치던 손 모양 그대로 쓸 수 있어서 좋아요. 그리고 세 손가락으로 두드리면 현재 보고 있는 창을 닫는다던가, 검지를 댄 상태에서 중지와 약지를 대면 다음 탭으로 이동하는 등 특정한 손동작에 평소 자주 쓰는 기능을 넣을 수 있다는 것도 장점이에요.

메모장

지난 습관에서 말씀드렸죠? 책상에 메모장을 두고 어떤 생각이 스칠 때마다 바로 메모하고 신경 꺼버린다고요. 보다시피 메모장은 항상 덮어둡니다. 펼쳐 놓으면 거기 쓰여 있는 글씨 때문에 정신이 사나워서요. 커버를 열면 펜이 있어서 바로 쓸 수 있습니다. 조금 귀찮아도 저한테는 이 방식이 잘 맞아요.

번역 원서와 독서대

원서도 메모장처럼 덮어둡니다. 그것도 책상 옆에요. 원서는 검토 과정에서 원문과 번역문을 대조할 때만 보거든요. 그러니까 평소에는 굳이 펼쳐둘 필요가 없죠. 아니, 그러면 뭘보고 번역하냐고요? 요즘은 번역가에게 웬만하면 책과 함께 PDF나 워드 파일로 전자 원고가 제공됩니다. 아예 전자 원고만 주는 경우도 있고요. 저는 전자 원고에 있는 텍스트를 제가쓰는 문서 편집기(뒤에서 설명하겠습니다)에 복사해 놓고 문단 단위로 원문 아래에 번역문을 쓰는 식으로 작업을 해요. 이렇게 하면 원서를 보려고 고개를 돌리거나 숙여야 할 필요가 없어서 편합니다. 원서와 모니터를 눈이 왔다 갔다 하는 시간도 아낄 수 있고요.

휴대폰

휴대폰은 아이맥 뒤의 충전 대에 세워 놓습니다. 저러면잘 안 보이거든요. 요즘은 아예 책상 서랍에 넣어버릴까 싶기도 합니다. 어차피 25분 단위로 일하니까(습관 4) 쉬는 시간마다 핸드폰을 꺼내 보면 급한 연락을 놓칠 일도 없어요. 그리고 정 급하면 상대방이 먼저 전화를 하겠죠.

물

저는 기본적으로 하루에 2리터는 마셔요. 다른 이유는 없고 그냥 습관이에요. 그래서 항상 손이 닿는 곳에 물이 있어요. 컵으로 따라 마시는 건 좀 귀찮고 설거짓거리가 늘어나는 것도 싫고, 그래서 좀 야만적이지만 그냥 병째로 벌컥벌컥 마십니다. 이 글을 쓰면서 생각해보니까 물은 바닥에 내려놔도 되겠네요.

이상이 저의 미니멀한 책상 풍경이었네요. 이어서 번역을 하는 작업 환경에 대해 말씀드리겠습니다.

번역문 작성은 스크리브너로

제가 번역할 때 쓰는 문서 편집기는 스크리브너(Scrivener)입니다. 출판사에 원고를 넘길 때는 한컴 오피스 한글(이하 HWP) 파일로 보내지만 실제로 번역 작업은 스크리브너에서 해요.

굳이 스크리브너를 쓰는 이유는 두 가지인데요, 하나는 한 프로젝트 파일 내에서 여러 문서를 관리할 수 있기 때문입니다. HWP의 경우에는 하나의 파일이 하나의 문서잖아요? 하지만 스크리브너의 프로젝트 파일은 그 안에 여러 개의 문서를 만들 수 있고 하나의 창 안에서 전체 문서의 조작이 가능합니다. 이때 장점은 한 파일 안에 챕터별로 여러개의 문서를 만들어 관리할 수 있다는 거죠. HWP를 쓰면 한 파일에 전체 번역 원고를 넣거나 챕터별로 파일을 따로 만들어서 관리해야 해요. 한 파일에 전체 원고를 저장할 때는 실수로 일부분이 훼손됐는데 모르고 넘어갔다가 나중에 복원하는 데 애를 먹는 일이 생길 수 있어요. 반대로 챕터별로 파일을 만들면 다른 챕터의 내용을 참고하거나 수정해야 할 때 일일이 파일을 열어서 개별적으로 작업해야 한다는 불편함이 있죠. 그런데 스크리브너를 쓰면 이런 문제가 한 번에 해결돼요.

스크리브너를 고집하는 두 번째 이유는 '작문 모드(앱상에서는 '합성 모드'로 번역되어 있습니다)' 때문입니다. 작문 모드는 화면에 오로지 텍스트만 표시됩니다. 메뉴바도, 사이드바도, 도구 모음도 없어지고 오로지 텅 빈 검은색(혹은 사용자가 지정한 색깔) 화면에 글씨만 보여요. 어차피 번역은 텍스트만

Women have always had a lot of power in marital relationships, but that power has not typically flowed from education, career, and money. Now it increasingly does. Women are more educated than ever before, with women college graduates outnumbering men by a ratio of 60 percent to 40 percent. It's predicted that by 2023 females will outnumber male graduates by almost half. Just as many *Mad Men*–era men preferred less ambitious women, it's to be expected that there are women who now feel the same way.

여성이 예전에도 부부 관계에서 큰 영향력을 발휘하긴 했지만 일반적으로 그것은 학력, 경력, 경제력에서 나오는 게 아니었다. 하지만 요즘은 그 반대의 경향이 점점 강해지고 있다. 지금은 여성들이 과거 어느 때보다도 많은 교육을 받으면서 대학 졸업자 중 여성과 남성의 비율이 60 대 40일 정도로 여성이 수적인 우세를 보인다. 2023년이 되면 여자 졸업생이 남자 졸업자의 두 배 정도가 될 것으로 전망된다. 그럴듯면 <매드맨(Mad Men, 1960년대 뉴욕의 광고회사를 무대로 백인 남성 위주의 사회를 그린 드라마 -역주)> 시대에 못 남성이 별로 야심이 없는 여성을 선호했던 것처럼 여체는 역으로 남성에게 그런 것을 원하는 여성이 나타날 것으로 예상된다.

– 스크리브너의 작문 모드로 문서를 연 모습. 최상의 집중력을 발휘할 수 있는 미니멀리즘 환경이다.

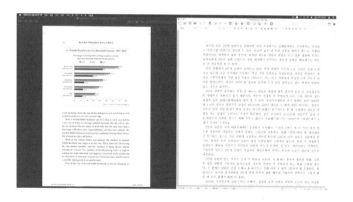

– 왼편에 원문을 오른편에 번역문을 띄워놓고 검도를 하는 장면.

보고 쓰면 되는 작업이잖아요? 그래서 저는 그 밖의 쓸데없는 것이 싹 사라진 화면이 좋습니다.

사전과 브라우저는 필요할 때만 호출

번역가에게 온라인 사전과 인터넷 브라우저는 필수품입니다. 수시로 단어를 찾고 자료를 조사해야 하니까요. 그런데 스크리브너의 작문 모드에서는 사전과 브라우저가 안 보이는데 어떻게 쓰냐고요? 단축키를 지정해서 필요할 때만 화면에 뜨게 합니다. 다시 스크리브너로 돌아갈 때도 단축키를 쓰고요. 이렇게 하면 번거롭게 트랙패드나 마우스로 커서를 움직일 필요가 없어서 편해요. 시간도 단축되고요. 단축키 설정법에 대해서는 '습관 13'에서 좀 더 자세히 다루도록 할게요.

원문과 대조할 때는 원문과 HWP만 보이도록

아홉 번째 습관에서 말할 테지만 저는 번역 원고 전체를 원문과 대조해요. 이때 화면 활용법은 두 가지로 나뉘어요. 우선 원문을 전자 원고로만 받았을 때는 화면을 반으로 나눠서 왼쪽에는 원문을, 오른쪽에는 번역문을 띄워놓고 비교합니다. 그리고 원문을 책으로 받았을 때는 독서대를 이용해서 원서를 화면 앞에 펼쳐놔요. 전자 원고가 있어도 책을 받았다면 책을 기준으로 삼아요. 전자 원고와 출판 본이 미묘하게 다른 경우가 있어서요. 이렇게 원문과 대조하는 시점에서는 스크리브너에서 작성한 번역 원고를 HWP 파일로 변환해서 사용해요. 말씀드렸다시피 출판사에 제출하는 원고는 HWP 파일이어야 하므로 검토 과정에서는 HWP 파일만 이용해요. 이때 화면에는 원문과 HWP만 표시되게 해요. 기본적으로 표시되는 상단의 메뉴바, 하단의 독(윈도우의 작업 표시줄에 해당)은 모두 숨겨버리고요. 사실 원문 대조할 때만이 아니라 평소에도 그렇게 다 숨겨 놓고 써요. 잘 쓰지도 않는 것들이 공간만 차지하고 정신 사납게 하는 걸 참을 수가 없어서요. 필요하면 커서를 가져다 대면 나타나니까 괜찮아요.

이번 습관은 딱 한 문장으로 정리할 수 있겠네요.

책상 위든 화면 속이든 없앨 수 있는 건 모두 없앤다!

물론 그 방법은 사람마다 다를 거예요. 중요한 건 눈에서 멀어져야 마음에서도 멀어진다는 원칙입니다. 쓸데없고 꼴 보기 싫은 것들은 그냥 참지 마세요. 눈 밖에 나게 할 방법을 생각해보세요. 시야가 비어야 마음이 비고, 마음이 비어야 텍스트가 원활히 들어오고 나갈 수 있습니다.

Tip

스크리브너 외에도 오로지 글에만 집중할 수 있는 모드를 제공하는 앱은 여러 가지가 있습니다. 인터넷에서 'distraction free writer'로 검색하면 다양한 앱이 나와요. 대표적인 앱으로는 iA Writer(유료), Typora(무료), FocusWriter(무료)가 있습니다.

소리는 없애고 싶어도 없앨 수 없는 경우가 많죠. 저만 해도 집에서 일하는데 아이가 울고 보채는 소리를 막을 수는 없어요. 이럴 때는 빗소리, 웅성거리는 소리, 장작 소리 등 백색 소음을 발생시키는 앱을 이용해 작업에 방해가 되는 소음을 덮어버리는 방법이 있습니다. 인터넷에서 'white noise mac'이나 'white noise windows' 등으로 검색하면 플랫폼별로 여러 가지 앱이 나와요. 저는 맥에서 Noizio를 이용합니다.

중도 포기 없이
꾸준히 운동하는 비법

"운동 좋아하실 것 같아요."

제가 종종 듣는 말입니다. 왜인지 알 것 같아요. 얼굴이 각지고 피부가 까무잡잡하거든요. 그리고 30년 넘게 들러붙어 있는 뱃살을 옷으로 적당히 가리면 몸도 꽤 균형 잡힌 것처럼 보이고요. 그러니까 운동 좀 하는 사람처럼 보이겠죠.

하지만 진실을 말하자면 저는 운동과 담을 쌓고 산 사람이에요. 운동 싫어해요. 어릴 적에 체육 수업 전날이면 마음속으로 제발 내일 비 좀 오게 해 달라고 기우제를 지냈어요. 다른 남자애들이 밖에 나가서 공 찰 때도 혼자 교실에 남아서 책을 읽었고요. 그래도 요즘은 마지못해 운동을 합니다. 이유는 다른 게 없어요. 운동을 안 하면 번역이 잘 안 되거든요. 번역가는 종일 같은 자세로 앉아서 일하잖아요. 그래서 목과 어깨와 허리에 부담이 많이 갑니다. 그 상태가 장기간 지속되면 탈이 나죠.

실제로 번역을 시작한 지 5년쯤 됐을 때 몸에 이상이 생겼어요. 어느 날 컴퓨터 앞에 앉았는데 눈앞이 핑핑 도는 겁니다. 좀 있으면 나아지겠지 했는데 웬걸요, 그날은 통째로 일을 쉬어야 했어요. 그러고서 다음 날 일을 하겠다고 앉았는데 또 어질어질한 거예요. 그래서 별수 있나요? 푹 쉬었죠. 하루 이틀도 아니고 한 달 정도를요. 병원에 안 갔냐고요? 갔죠. 근데 별 이상 없대요. 자세가 안 좋아서 몸에 무리가 온 거니까 약도 없고 그냥 나아질 때까지 쉬는 게 최선이라는 거예요. 의사 선생님이 쉬라면 쉬어야죠.

번역가가 이렇게 예정에 없이 한 달쯤 쉬게 되면 두 가지 문제가 발생할 수 있습니다. 하나는 마감을 지키지 못한다는 거예요. 일주일 정도 쉬는 거야 다시 업무에 복귀한 후 작업

량을 늘리면 어떻게든 메꿀 수 있지만 한 달은 무리입니다. 다행히 저는 그렇게 탈이 났을 때 번역 중이던 책이 최종 검토만 남은 상황이었어요. 번역 원고를 출력해서 카페나 도서관에서 읽고 집에 돌아와서 최대한 빨리 파일을 수정하는 식으로 작업을 끝냈죠. 이상하게 컴퓨터 앞에 앉을 때만 아프더라고요.

갑자기 쉴 때 생길 수 있는 또 하나의 문제는 소득이 없어진다는 거예요. 당연한 말이지만 프리랜서는 어디 소속된 게 아니니까 일 안 하면 어디서 단돈 100원도 들어오지 않아요. 한 달을 쉬면 경제적으로 타격이 크죠. 그 당시 저는 혼자 사는 총각이었기 때문에 그나마 그럭저럭 버틸 수 있었어요.

그렇게 쉬어보니까 알겠더라고요. 번역가로 장수하려면 운동이 필수라는 것을. 물론 꼭 번역가로서만 아니라 인간으로서 오래 살려면 운동을 해야 한다는 건 자명한 사실이지만, 한 번 아파 보니까 그 진리가 피부로 느껴지더군요.

그러면 제가 오래 살기 위해 시도했던 종목들을 한번 나열해볼까요?

수영

수영은 꽤 힘든 운동입니다. 전신 근육을 다 쓰거든요. 그리고 수강생들이 줄지어 헤엄을 치니까 뒷사람에게 폐 끼치지 않으려면 중간에 멈추고 싶어도 멈출 수가 없어요. 몇 바퀴 돌고 나면 숨이 턱 끝까지 찹니다. 처음 몇 주 동안은 운동 마치고 오면 삭신이 쑤셔요. 대신 몸은 확실히 풀리죠. 말했다시피 전신을 다 쓰니까요. 종일 같은 자세로 일하느라 쉽게 근육이 뭉치는 번역가에게 아주 좋은 운동이에요. 저는 수영을 반년 정도 했습니다. 딱 자유형, 배영까지만 배웠어요. 평영과 접영으로 넘어가니까 몸이 앞으로 나가진 않고 자꾸만 가라앉더라고요. 그러니까 재미도 없고 일렬로 수영하는데 내 뒤로 정체 현상이 생기니까 민망했어요. 그래서 관뒀죠.

스쿼시

간단히 말할게요. 사흘 나가고 환불받았습니다. 하다가 죽을 것 같았어요. 공이 워낙 빠르게 움직이니까 운동량이 엄청나더라고요. 더욱이 제가 몸이 무거워서 무릎에 무리가 가는지 수업을 마치고 오면 무릎이 시큰시큰한 거예요. 이건 살 좀 빼고 몸이 운동에 익숙해지면 하자며 후일을 기약했습니다.

그 후일이 언제 올지는 모르겠어요.

농구

개인 레슨을 받았어요. 저도 구기 종목 하나쯤은 남들 하는 만큼 하고 싶었어요. 남들은 어릴 때부터 친구들과 놀면서 자연스럽게 배우지만 저는 그 시절에 운동을 안 했으니까 늦게 돈 주고 배우려고 했죠. 이건 한 달 만에 관뒀습니다. 많은 사람이 뛰어다니는 코트에서 똥 마려운 사람처럼 어정쩡하게 서서 손에 잘 붙지도 않는 공으로 드리블을 하고 슛을 하는 나 자신이 너무 부끄러워서요. 남들은 내가 누군지도 모르고 신경도 안 썼겠지만 제가 신경이 쓰이더라고요.

요가

요가는 정적입니다. 한 동작을 한참 지속하죠. 조용한 분위기에서 묵묵히 몸을 늘리고, 구부리고, 접어요. 이걸 운동이라고 해도 될까 싶을 만큼 움직임이 적습니다. 그래서 처음 하는 사람도 부담이 없어요. 대신 쉽게 지루해질 수 있어요. 저는 2년쯤 꾸준히 요가원에 다녔어요. 동작만 아니라 명상도 병행하는 곳이었는데, 동작으로 몸을 풀고 가만히 앉아서 명상하면 마음의 긴장도 풀리는 게 좋더라고요. 다만 몇 번의 이사를 거친 후 집 근처에서 명상을 비중 있게 다루는 요가원을 찾을 수가 없어 그만뒀어요.

재즈댄스, 방송댄스

뭔가 새로운 걸 해보고 싶어서 도전했어요. 재미있었어요. 하지만 역시 몇 달 만에 관뒀습니다. 제가 몸치라서요. 아무리 춰도 그냥 막대기가 휘적거리는 수준밖에 안 되는 겁니다. 댄스 수업 들어보신 분들은 알 텐데 연습실의 사면이 거울이에요. 그러니까 어느 방향을 보든 막대기 같은 나를 마주해야 하는데 그게 그렇게 꼴 보기 싫더라고요. 물론 계속했으면 막대기 신세는 면했겠죠. 하지만 저는 포기가 빠른 남자입니다.

달리기

어느 날 갑자기 뛰고 싶어졌어요. 그래서 나갔습니다. 5분도 못 뛰고 돌아왔어요. 심장이 터질 것 같아서요. 안 하다가 하려니까 그렇더라고요. 그래도 꾸준히 뛰었어요. 집 근처의 하천 옆으로 난 산책로를 달렸는데 신선한 바람을 맞으면서 그렇게 하천변을 달리는 게 좋았어요. 계속 달리니까 자연스럽게 시간과 거리가 늘어나더군요. 사계절을 다 달리고 관뒀습니다. 발에 무리가 와서요. 병원에 가니까 약을 쓸 정도는 아닌데 좀 쉬라고 하더라고요. 의사 선생님이 쉬라면 쉬어야죠.

헬스

요즘 제가 하는 운동입니다. 가장 흔한 운동이죠. 요즘 웬만한 동네에는 헬스장이 최소 두세 개씩은 있어서 접근성이 좋아요. 저는 아파트 헬스장에서 러닝머신으로 가볍게 걷거나 뛰고 운동기구 두세 개 정도를 이용하고 옵니다. 상체 운동을 많이 해요. 제일 많이 뭉치고 무리가 가는 부위라서요. 헬스라는 게 혼자서 똑같은 동작을 반복하는 운동이다 보니까 재미가 없을 것 같지만 무게 '치는' 맛이 있습니다. 처음에는 15킬로그램도 겨우 들었는데 어느 순간 15킬로그램쯤은 거뜬해지면서 무척 뿌듯해집니다. 그리고 저는 평생 팔뚝이 밋밋했거든요. 보통 남자들 보면 팔뚝에 불끈불끈 힘줄이 튀어나오잖아요. 저는 그게 하나도 없었어요. 근데 헬스를 하니까 힘줄이 조금씩 나와요. 어디 가서 자랑할 정도는 아니지만 아내한테 자랑할 때마다 그렇게 뿌듯할 수가 없어요.

이상이 제 운동 편력이라면 편력입니다. 이제 저도 나이를 먹은 건지 운동을 안 하면 몸에 바로 신호가 와요. 이유 없이 머리가 아픈데, 낮잠을 자고 일어나도 아프고, 두통약을 먹으면 그제야 좀 가라앉죠. 그리고 기운이 없어요. 종일 나른하고 잠이 와요. 그러면 운동을 너무 오래 쉬었다는 걸 압니다. 예전에는 '너무 오래' 쉬었다 하면 몇 달은 쉰 것을 뜻했는데 지금은 일주일 정도예요. 나이를 못 속이는 거죠. 그래도 몸이 그런 신호를 보내는 게 어느 날 갑자기 쓰러지는 것보다는 훨씬 낫습니다.

어느 직업이 아닐까만은 번역가는 컨디션 관리가 무척 중요합니다. 혼자 하는 일이니까요. 여럿이서 같이 일하면 내가 좀 못해도 다른 사람이 보충해 줄 수 있어요. 하지만 번역가에게는 그런 사람이 존재하지 않습니다. 그렇다면 컨디션 관리를 위해 꾸준히 운동하는 비결은 무엇일까요?

제가 볼 때는 크게 3가지입니다. 첫째, 가까운 데서 운동할 것. 차로 10분을 가야 하는 수영장과 걸어서 5분 거리인 헬스장 중에서 어디를 더 자주 가게 될까요? 5분 거리인 헬스장입니다. 운동이 좋아서 하는 사람이 아닌 이상 운동하러 가는 길이 멀면 귀찮아서 미루고 미루다 관두기에 십상이에요. 둘째,

꼭 길게 해야 운동이라고 생각하지 말 것. 잠깐이라도 몸을 썼으면 운동을 한 겁니다. 헬스장에 가서 10분 동안 걷다 왔어도, 아니, 그냥 앉아 있다가 왔어도 운동한 것으로 치세요. 그래야 운동이 만만해집니다. '까짓것 겨우 10분도 못 하겠냐?' 하는 생각으로 한결 가볍게 운동하러 갈 수 있죠. 셋째, 운동을 그저 몸을 풀기 위한 수단으로 생각할 것. 운동을 해서 살을 빼고 멋진 몸매를 만들어야겠다고 생각하면, 글쎄요, 저는 쉽게 지치더라고요. 왜냐하면 운동은 단기간에 효과가 나타나지 않거든요. 그러니까 운동에 대한 기대치를 낮춰야 합니다.

운동 빈도는 주 3회 정도면 괜찮은 거 같아요. 사람이 어떻게 맨날 운동만 해요. 운동 갔다 오면 그만큼 내가 하고 싶은 활동을 할 시간이 줄어들잖아요. 사람이 적당히 재미도 보면서 살아야지요. 물론 운동이 재미있어서 하는 것이 된다면 좋겠지만 저는 생전에 그런 날이 올지 모르겠어요.

자, 정리해볼까요?

1. 번역가로 오래 살려면 주 3일은 운동을 해야 한다.
2. 운동은 가까운 데서 하는 게 최고다.

3. 10분만 해도 운동한 것으로 치면 운동이 만만해진다.

4. 운동에 대한 기대치를 낮추면 덜 지친다.

글을 마치기 전에 솔직히 말하겠습니다. 이 글을 쓰는 현재 저는 운동을 쉰 지 2주쯤 됐어요. 아킬레스 건염 때문에요. 그동안 발에 무리가 많이 갔던가 봐요. 몇 달 전에 아킬레스 건염을 진단받았어요. 주사(무려 발꿈치 주사!)를 맞고 좀 쉬었더니 나은 줄 알았는데 최근 들어 다시 아프더라고요. 사실 앉아서 하는 웨이트 트레이닝 기구는 아킬레스건에 크게 힘이 들어가지 않으니까 해도 괜찮을 것 같았어요. 하지만 원래 운동을 좋아하지 않다 보니까 뭐라도 핑곗거리 하나 생기면 안 가게 되잖아요. 그렇게 며칠 쉬었더니 아니나 다를까 다시 몸이 신호를 보내기 시작했습니다. 아무래도 내일부터는 헬스장에 다시 가서 그냥 앉아 있다가라도 와야겠어요.

왜 신은 인간이 운동을 해야만 건강하게 살 수 있게 만들었을까요? 그냥 종일 누워만 있어도 건강하게 살 수 있으면 얼마나 좋겠어요. 하지만 그건 제가 어쩔 수 없는 문제니까 섭리를 따르는 수밖에 도리가 없겠죠. 여러분도 그러시길 바랍니다. 번역가로든 무엇으로든 건강하게 오래 살고 싶으시다면.

Tip

제가 지난 습관에서 잠깐 모니터 암을 언급했죠? 모니터에 연결해서 높이를 자유롭게 조절할 수 있게 해주는 장치입니다. 번역할 때 목, 어깨가 아픈 이유 중 하나가 종일 고개를 너무 많이 숙이고 있기 때문인데, 모니터 높이만 잘 맞춰도 통증이 많이 줄어듭니다. 저는 모니터의 중앙이 눈높이에 올 때 몸이 제일 편해요. 모니터에 기본으로 달린 스탠드로도 자유롭게 높이 조절이 가능하다면 상관없지만, 그렇지 않다면 별도로 모니터 암을 쓰시는 편이 좋아요.

가지고 계신 모니터 뒤편을 보세요. 베사(VESA) 홀이라고 해서 4개의 구멍이 100밀리미터 간격의 정사각형 형태로 뚫려 있으면 설치할 수 있습니다.

모니터 암을 살 때는 모니터 무게를 버틸 수 있는지 반드시 확인해야 합니다. 요즘 나오는 모니터는 대부분 가볍기 때문에 웬만한 모니터 암으로는 다 사용할 수 있지만, 제가 쓰는 아이맥처럼 무게가 8킬로그램을 넘어서게 되면 국내에서 알맞은 제품을 구하기가 어려워집니다. 저는 아마존에서 10킬로그램 이상 버티는 암을 구매해서 사용하고 있습니다.

번역은 연기,
연기를 위해 필사를 합니다

"고명 씨는 자판기야. 큐 들어가면 바로 연기가 나오잖아."

제가 연극 동호회 활동을 할 때 연출가 선생님으로부터 들은 말입니다. 칭찬이냐고요? 아니요, 핀잔입니다. 연기를 하려면 우선 감정을 잡아야 하는데 저는 그런 것 없이 무작정 연기를 시작한다는 말씀이었죠.

우리 선생님은 '넘이선'이라는 개념을 강조하셨어요. 현실과 극 사이에 있는 선, 극으로 들어가기 위해서 넘어야 하는 선을 가리키는 말이에요. 당시 제가 맡은 역할이 카이사르를 살해한 브루투스였습니다. 현실의 저 김고명은 싸우는 게 귀찮아서 웬만한 일은 "그래, 네가 이겼다고 쳐"하고 적당히 넘어가겠지만, 극에서는 넘이선을 넘어 카이사르를 죽였다고 항변하는 투사 브루투스로 변신하는 거예요. 선생님은 그 선을 얼마나 잘 넘느냐를 좋은 연기의 관건으로 보셨죠. 연기를 하려면 내가 나로 존재하면 안 돼요. 나라는 껍데기 안에 캐릭터의 성격과 감정을 최대한 주입해야죠. 내 개성이 아니라 캐릭터의 개성을 살려야 합니다.

그런 면에서 번역은 연기와 겹치는 부분이 있어요. 번역을 할 때도 번역가의 개성을 죽이고 원저자의 개성을 살려야 하거든요. 책에서 저자의 개성은 무엇으로 드러날까요? 특유의 관점, 생각, 전개 방식을 통해서 그리고 문체를 통해서 드러납니다. 전자는 책의 내용적인 측면인데요, 이것은 번역가가 작정하고 오역을 하지 않는 한 변하지 않습니다. 하지만 문체는 다릅니다. 번역가의 노력 여하에 따라서 저자의 문체를 살릴 수도 있고 죽일 수도 있죠. 문체를 죽인다는 것은 예를 들면 이렇습니다. 저자는 각종 은어를 섞어가며 경박한 느낌의 문장을 썼는데 번역가는 표준어로 점잖은 문장을 쓰는 거죠. 혹은 분명히 저자는 여자인데 남자 번역가가 옮긴 번역서에서는 화자가 남성인 것처럼 느껴지는 겁니다.

사실 제가 초기에 많이 지적받은 부분이 문체였어요. 문장이 너무 건조하고 딱딱하게 읽힌다는 말을 편집자와 대학원 교수님에게 자주 들었어요. 그건 아무래도 제 성격이 원래 좀 건조한 편이고 남자여서 그랬던 것 같습니다. 다 그렇지는 않지만 대체로 남자가 여자보다 딱딱한 문장을 구사해요. 하지만 번역가라면 양쪽의 문체를 다 쓸 수 있어야죠. 그래서 그때 제가 들었던 조언은 크게 두 가지였어요. 하나는 한자어를 줄여보라는 것. 한자어는 순우리말보다 딱딱한 느낌이 강합니다. 그래서 한자어를 의도적으로 줄였어요. 다른 하나는 한국 소설을 많이 읽어보라는 것이었어요. 언어의 귀재들이 어떻게 언어를 요리하는지 맛보라는 거였죠. 그래서 한국 소설을 많이 읽었어요. 그리고 그것으로는 부족한 것 같아 필사를 했습니다. 김애란 작가의 소설집 《침이 고인다》를 주로 필사했어요. 남성적인 느낌을 완화하기 위해 일부러 여성 작가의 책을 선택한 거죠.

그러고부터는 문장이 딱딱하다는 지적을 들은 적이 없어요. 제 역서 중에서 《엄마, 왜 나한테 그렇게 말해?》는 어머니와 딸의 대화법을 다루는 책인데요, 처음에 저에게 번역 의뢰가 들어왔을 때 저는 남자이고 누나나 여동생이 없어서 여성들의 대화에 대해서는 모른다고 고사했어요. 하지만 출판사에서 재차 번역을 부탁해서 결국엔 제가 맡았습니다. 이 정도면 문체를 개선하기 위한 노력이 효과를 발휘했다고 봐도 되겠죠?

그러고서 몇 년 후 저는 다시 필사에 손을 댔습니다. 그 계기는 이렇습니다. 저는 평소에 소설을 번역하고 싶었지만 기회가 잘 안 닿았어요. 그러다 모처럼 소설 의뢰가 들어왔는데, 젊은 여성 작가가 쓴 젊은 여성이 주인공인 소설이었습니다. 흔히 '칙릿(chick-lit)'이라고 부르는 장르였죠. 일단 책은 맡았는데 그때껏 소설 번역을 많이 해보지 않은 데다 여성 독자를 겨냥한 소설이다 보니 어떻게 해야 그 문체를 잘 살릴 수 있을까 고민이 되더라고요. 무슨 뾰족한 수가 없을까 궁리하던 차에 문득 떠오른 게 필사였어요. 국내 소설 중에서 비슷한 성격의 작품을 필사하면 원서의 분위기에 근접한 문장을 구사할 수 있을 것 같았어요. 그래서 국내 칙릿의 대표작이라 할 수 있는 정이현 작가의《달콤한 나의 도시》를 매일 번역 전에 5~10분 정도 필사했어요. 방법은 별것 없었어요. 화면 왼쪽에 소설을 띄워놓고(전자책으로 샀거든요) 오른쪽의 문서 편집기에 그대로 베껴 썼어요. 그리고 그게 습관으로 자리 잡아 지금도 매일 번역을 시작하기 전에 원서와 비슷한 국내 작가의 책을 필사하고 있습니다.

여기서 비슷하다는 건 저자의 성별과 연령대, 직업, 책의 주제와 분위기 등이 유사하다는 뜻이에요. 물론 이 기준을 모두 만족하는 책은 찾을 수 없겠지만 검색해 보면 얼추 비슷한 책은 걸려듭니다. 가령 이 글을 쓰는 현재 저는 외국 대기업의 여성 관리자가 쓴 팀장 입문서를 번역하고 있는데요, 필사할 책을 찾기 위해 온라인 서점에서 '여자 팀장', '여자 리더', '직장 생활', '회사 생활' 같은 키워드로 책을 검색했어요. 근데, 그 정도로는 이거다 싶은 책이 나오지 않는 거예요. 그래서 검색 결과에 있는 책들의 상세 페이지로 들어가서 '이 책을 구입한 독자가 산 책' 목록도 다 살펴봤죠. 이 단계에서도 쓸 만한 책을 못 찾았어요. 다음으로는 구글에서 '여자 팀장이 쓴 책' 같은 키워드를 검색했어요. 결과로 나온 웹페이지들로 들어가서 또 그 안에 있는 링크를 타고 다닌 끝에 여자 팀장이 쓴 직장 생활에 대한 조언서를 찾았습니다. 원서와 완전히 맞아떨어지진 않아도 적당히 비슷한 책을 고른 거죠.

최근에는 이렇게 필사하는 것만으로도 부족한 듯해서 한 가지 절차를 더했습니다. 인터넷에서 저자가 나오는 동영상을 찾아서 매일 필사 후 2~3분씩 시청하는 거예요. 요즘 웬만한 저자라면 인터넷에 강연, 인터뷰, 홍보 영상이 올라와 있거든요. 그런 영상을 통해 매일 저자를 만나고 있습니다. 이렇게 매일 보다 보면 자연스럽게 그 사람 특유의 표정, 몸짓, 말투 같은 게 보여요.

그러면 아마 이 시점에서 궁금하실 거예요. 그렇게 매일 필사를 하고 저자를 만나는 게 정말로 도움이 되는지 말이죠. 저는 이게 무의식중에 저자와 비슷한 문체를 쓰는 데 도움이 된다고 믿습니다. 솔직히 말씀드리면 객관적으로 그 효과를 증명할 방법은 없어요. 제 문체가 필사를 통해 어떻게 변했는지 그리고 그게 저자의 문체와 얼마나 비슷한지 과학적으로 정밀하게 평가할 수는 없으니까요. 다만 독자의 평가를 통해 어느 정도 유추는 가능하겠죠. 필사의 계기가 됐던 《도둑비서들》은 제 역서를 통틀어 온라인 서점과 SNS에 가장 많은 서평이 올라온 책입니다. 그중에는 번역에 대한 언급도 많았는데요, 제 입으로 말하긴 그렇지만 호평 일색이었습니다. 문장이 입에 착 감기게 잘 번역됐다고요. 《도둑비서들》에 이어서 번역한《애티커스의 기묘한 실종 사건》은 어떤 독자가 천명관의 소설을 읽는 듯한 기분이 들었다고 평했습니다. 그런데 제가 그 소설을 번역할 때 무슨 책을 필사한 줄 아세요? 천명관의《나의 삼촌 브루스 리》였어요. 두 저자가 비록 성별은 다르지만 적당히 뻥을 쳐가며 재미있는 '썰'을 푸는 입담꾼의 말주변 같은 문장이 상당히 유사했거든요.

필사는 우연의 일치일지 몰라도 이렇게 극적인 효과를 불러왔는데 동영상 시청 같은 경우에는 아직은 뭐라고 할 말은 없네요. 시작한 지 몇 달 안 됐거든요. 그리고 확실하게 그 영향력을 가늠할 요인이 생길까 의문스럽기도 합니다. 다만 처음에는 생각하지 못한 효과가 있어요. 바로 저자에 대한 애정이 생긴다는 거예요. 매일 단 몇 분씩이나마 얼굴을 맞대고 있다 보면(물론 그쪽에서는 저를 못 보지만) 어느 순간부터 그 사람이 잘 아는 사람, 친한 사람처럼 느껴져요. 이럴 때 좋은 점은 간혹 저자의 문장이 부정확하게 쓰여서 번역하기가 까다롭더라도 웃으며 잘 넘길 수 있다는 겁니다.

저는 자기계발서, 경영서를 많이 번역하는데 이 분야는 전문적으로 글쓰기 훈련을 받지 않은 지자기 많다 보니 종종 한두 번 읽어서는 정확한 의미가 파악되지 않는 문장들을 만날 때가 있어요. 그럴 때는 앞뒤 문장까지 합해 여러 번 읽으며 저자의 의도를 추론해야 합니다. 번역가는 일반적으로 작업 시간이 아니라 번역 원고의 분량을 기준으로 보수를 받기 때문에 이렇게 한 문장에 너무 많은 시간을 쓰는 게 달가운 일은 아닙니다. 하지만 저자에게 애정이 있으면 그런 상황을 불쾌하게 받아들이지 않고 감정의 동요 없이 차분히 대응할 수 있죠.

지금까지는 필사와 동영상 시청으로 번역가와 저자 사이의 넘이선을 넘는 것에 대해 얘기했습니다. 그런데 더 넓은 시야에서 보면 또 하나의 넘이선이 더 있습니다. 바로 생활과 업무 사이의 선입니다. 생활 모드에서 업무 모드로 넘어가는 것 말입니다. 보통 직장인들은 아침에 집을 나와서 출근하잖아요. 그러면서 자연스럽게 업무 모드로 들어가죠. 생활 공간과 업무 공간이 확실히 분리되고 그사이에 이동을 위한 시간 간격이 존재하니까요. 하지만 저 같은 경우에는 집에서 일해요. 생활 공간이 곧 업무 공간인 셈이죠. 침실에서 서재로 걸어가는 시간이라고 해봐야 길면 30초나 될까요? 너무 짧다 보니 마음가짐이 업무에 맞게 전환될 틈이 없어요. 일을 시작하려고 하면 침실에서 나른한 기운이 뻗어와 딴짓을 하라고 부추

기죠. 하지만 필사와 저자 대면이라는 '의례'를 치르고 나면 본격적으로 일을 하기 위한 마음가짐으로 전환이 됩니다. 지금 늘어져 있을 시간이 아니라 일을 해야 한다고 스스로에게 인식시키는 거죠. 이것은 저뿐만 아니라 생활과 일의 경계가 선명하지 않은 프리랜서가 반드시 넘어야 할 선입니다.

자, 그럼 정리해볼까요? 번역가와 저자 사이의 넘이선, 생활 모드와 업무 모드 사이의 넘이선을 넘으려면 이렇게 해보세요.

1. 번역하는 책과 비슷한 성격의 국내 작가 책을 찾는다.
2. 매일 번역을 시작하기 전에 5~10분 정도 그 책을 필사한다.
3. 매일 2~3분 정도 저자가 나오는 동영상을 시청한다.
4. 일에 집중할 수 있는 나만의 의식을 만들어본다.

하루에 길어야 15분이면 충분합니다. 이것을 통해 저는 다양한 저자의 문체를 흉내 내는 번역가가 될 수 있다고 믿어요. 배우로 장수하려면 다양한 캐릭터를 소화할 수 있어야 하는 것처럼 번역가로 장수하려면 다양한 저자를 소화할 수 있

어야 합니다. 이 간단한 기법이 평범한 번역가와 명 번역가를
가르는 넘이선이라 믿고 오늘도 꾸준히 실천 중입니다.

Tip

이건 팁이라고까지 하긴 뭐 하지만 저는 글을 쓰기 전에 필사를 하는 게 번역할 때만 아니라 자기 글을 쓸 때도 요긴하다고 생각해요. 그래서 이 책을 쓸 때는 먼저 무라카미 하루키의 산문집 《저녁 무렵에 면도하기》에 실린 글을 한두 꼭지 필사했습니다. 그 책 특유의 "이건 어디까지나 내 얘기지만 당신도 관심이 있다면 한번 읽어보는 걸 말리진 않을게요. 단, 너무 심각하게 읽진 마세요."라고 말하는 듯한, 진지하지도 가볍지도 않고, 그 사이에서 절묘하게 줄타기를 하는 것 같은 분위기가 제 글에서도 묻어 났으면 해서요. 어떻게, 효과가 있는지는 잘 모르겠습니다만.

번역 원고 검토,
몇 번이 적당할까요?

"두 번밖에 검토 안 한다고?"

아직 초보 번역가이던 시절, 대학 때부터 가깝게 지내던 미국인 교수님으로부터 번역 원고를 몇 번 검토하냐는 질문을 받았습니다. 두 번 검토한다고 답했더니 교수님은 왜 그것밖에 안 하냐며 본인은 당시 쓰고 있던 한국 문학 관련 원고를 이미 다섯 번이나 검토했다고, 그리고 앞으로 몇 번 더 할 예정이라고 하셨어요.

저는 이렇게 생각해요. 번역 원고(한글로 번역된)는 그 정도로 많이 검토할 필요는 없다고. 이미 저자가 충분히 검토의 검토를 거쳐 완성한 글을 언어만 바꿔서 다시 쓰는 작업이니, 다섯 번까지 검토하는 건 좀 많지 않을까요? 그러면 몇 번쯤 검토하는 게 적당할까요? 정답은 없지만 저는 다음과 같은 방식으로 세 번 검토합니다.

1차: 한 챕터를 소리 내어 읽는다.

2차: 한 챕터를 원문과 대조한다.

3차: 전체 원고를 처음부터 끝까지 쭉 읽는다.

좀 더 자세히 이야기해보죠. 1차 검토는 챕터 단위로 진행합니다. 각 챕터의 1차 검토 시점은 다음 챕터의 번역을 끝낸 후입니다. 그러니까 1 챕터의 1차 검토는 2 챕터를 다 번역한 후에 시작되죠. 보통은 그 시차가 사흘에서 일주일 정도 됩니다. 이렇게 시차를 두는 이유는 원고를 조금이나마 객관적으로 보기 위해서에요. 바로 검토에 들어가면 아직 모든 문장이 머릿속에 선명히 남아 있기 때문에 웬만한 건 다 자연스럽게 읽히거든요.

1차 검토의 목적은 문장의 가독성을 키우는 겁니다. 그래서 소리 내어 읽습니다. 입으로 잘 읽히는 문장이 눈으로도 잘 읽혀요. 입에 착착 붙는 문장은 리듬이 살아 있고 주어, 수식어, 서술어 등이 균형감 있게 배치되어 있습니다. 반대로 소리 내어 읽을 때 어디서든 걸리는 느낌이 든다면 눈으로 읽을 때도 한 번에 읽히지 않아요. 중간에 흐름이 끊기거나 엉켜서 다시 읽어야 해요. 1차 검토는 컴퓨터 화면에서 바로 처리합니다. '습관 6'에서 스크리브너라는 문서 편집기를 쓴다고 말씀드렸는데요, 스크리브너 창에서 원고를 바로 읽고 수정해요.

다음은 2차 검토입니다. 2차 검토는 번역의 정확도를 높이기 위해 모든 문장을 원문과 대조하는 과정입니다. 1차 검토와 마찬가지로 챕터 단위로 진행합니다. 2차 검토 시점은 다음 챕터의 1차 검토가 끝난 후입니다. 예를 들면 2 챕터를 소리 내어 읽으며 가독성을 점검한 후 다시 1 챕터를 원문과 대조하는 거죠. 역시 검토의 객관성을 조금이나마 키우기 위해 시차를 둡니다. 짐작하시겠지만 2차 검토는 모든 문장을 원문과 대조하는 만큼 전체 검토 과정 중에서 가장 많은 시간이 소요됩니다. 그래서 초반에는 이걸 계속해야 하나 말아야 하나 갈등도 많이 했어요. 돈이 걸린 문제니까요.

번역가는 주로 페이지당 보수를 받아요. 번역 원고를 원고지 매수로 환산해서 장당 얼마 하는 식이죠. 그러니까 기왕이면 주어진 시간에 더 많은 번역 원고를 생산하는 게 이득입니다. 반대로 검토하는 시간이 길어지면 길어질수록 기회비용이 커지죠. 제가 책 한 권을 작업하는 데 들어가는 시간이 100이라고 하면 검토에 투입되는 시간이 40이고 그중에서 25를 원문 대조에 써요. 원문 대조를 안 하면 그만큼 총 작업 시간이 줄어들고 그러면 같은 기간에 벌어들이는 돈이 더 늘어나겠죠.

그럼에도 제가 굳이 전수검사 하듯 원문 대조를 하는 이유는 나중에 제 역서가 초특급 베스트셀러가 됐을 때를 대비해서입니다. 저도 처음부터 모든 문장을 원문과 대조하진 않았어요. 번역 원고를 읽다가 미심쩍은 문장들만 원문을 확인했죠. 그런데 어느 날부터 이런 생각이 드는 거예요. 만약에 내 역서가 베스트셀러가 되어 수만, 수십만 권이 팔렸는데 오역 논란이 터지면 어쩌지? 발 번역이라고 개망신당하고 업계에서 쫓겨나면? 순전히 그런 걱정 때문에 원문 대조를 시작했습니다. 이런 말을 하기가 민망할 만큼 몇 년이 지난 지금까지도 베스트셀러는 나오지 않았지만요. 그래도 이제는 습관이 돼서 안 할 수가 없어요. 원문 대조를 안 하면 영 찜찜해요. 그럴 만도 한 게 원문과 번역문을 비교하다 보면 종종 오역이 나오거든요. 수두룩하진 않아도 한 번씩 튀어나와요. 물론 저도 인간이니까 오역이 있는 게 당연하죠. 하지만 막연히 오역이 있을 수도 있다고 생각하는 것과 그 현실을 내 두 눈으로 확인하는 건 다릅니다. 내 땅 곳곳에 지뢰가 매설된 걸 알면서도 아무 조치 없이 남한테 돈 받고 팔 수는 없잖아요.

2차 검토도 역시 컴퓨터 화면에서 진행합니다. 스크리브너에서 작성한 해당 챕터의 원고를 한컴 한글 파일로 변환해요. 출판사에 원고를 넘길 때 HWP 포맷을 써야 하는데 혹시라도 변환 과정에서 문서의 내용이 누락되거나 변개되더라도 알 수 있으니까요.(지금까지 그런 일은 없었습니다만.)

원문 대조가 재미있냐고요? 전혀요. 지겨워요. 하지만 이제는 인이 박여서 할 만합니다. 말씀드렸다시피 안 하면 찜찜하기도 하고요.

대망의 3차 검토는 마감일 일주일에서 열흘 전쯤에 시작합니다. 이번에는 원고를 출력해서 처음부터 끝까지 쭉 읽어요. 보통 원서 기준 250쪽 분량의 번역 원고를 검토하는 데 이

틀 정도 걸립니다. 마감일 전에 여유 있게 끝내려고 일부러 최소 일주일 전에 시작하는 거죠. 이번에는 소리 내지 않고 눈으로 읽어요. 가독성 검토는 1차 때 얼추 끝났으니까요. 3차 검토의 주목적은 원고가 전체적으로 자연스럽게 흘러가는지 확인하는 겁니다. 번역 원고를 넘기기 전에 반드시 필요한 과정입니다. 챕터 단위로 진행하는 1, 2차 검토가 나무를 보는 거라면 3차 검토는 숲을 보는 거죠. 이렇게 전체를 보면 이전에 보이지 않던 부분이 보입니다. 예를 들어 제가 최근에 번역한 책은 앞에서 어떤 행사의 개최지가 417개라고 했는데요, 뒤에 가서는 그 수가 494개로 표기되어 있었어요. 원문의 오류였는데 챕터 별로 볼 때는 미처 눈치채지 못했죠. 소설의 경우에는 앞에서 존댓말을 쓰던 인물이 뒤에서는 반말을 쓰는 것으로 번역하는 실수가 발생하기도 해요. 역시 전체를 보지 않으면 놓칠 수 있는 문제예요. 번역 과정에서 정확한 뜻이 이해되지 않아 원문을 메모해 놓고 넘어간 문장들(습관 5 참고)도 이 단계에 가면 대부분 의문이 풀립니다. 전체적인 맥락 안에서 비로소 그 뜻이 이해되는 거죠. 그래도 해결되지 않는 건 저자에게 물어봐야 하고요.

　3차 검토 시에 원고를 굳이 출력해서 보는 이유는 컴퓨터 화면으로 읽을 때보다 책 읽는 느낌이 좀 더 나기 때문이에요. 이게 마지막이라는 생각으로 더욱더 집중하게 되죠. 수정할 부분은 출력본에 표시해 놓고 검토가 끝난 후 HWP 파일에 반영합니다. 이렇게 3차에 걸쳐 검토하고 나면 자신 있게 원고를 제출할 수 있습니다. 한 번 더 보면 좋을 것도 같지만 일정을 어지간히 넉넉히 잡지 않는 한 그런 여유는 부리기 어려워요. 말씀드렸다시피 검토를 하면 할수록 벌이가 줄어드는 문제도 있고요.

아, 검토 시간은 어떻게 내는지 궁금하실 수 있겠네요. 1, 2차 검토는 매일 꾸준히 합니다. 네 번째 습관에서 제가 25분 단위로 하루에 12회 일한다고 했죠? 12회 중 여덟 번은 번역을 하고, 뒤의 네 번은 검토를 합니다. 1, 2차 검토를 번갈아 가면서요. 예를 들어 3 챕터의 1차 검토가 끝났으면 바로 2 챕터의 2차 검토에 돌입하는 거죠. 3차 검토 때는 하루 종일 검토만 합니다. 되도록 빠른 시간 내에 원고를 읽어야 전체 흐름을 파악하는 데 유리하거든요. 일주일에 걸쳐 읽는다면 뒤에 가서 앞의 내용을 잊어버릴 수도 있죠. 저는 안타깝게도 글을 읽는 속도가 느려서 기본 이틀은 필요로 해요.

자, 그럼 정리해보죠. 저는 번역 원고를 다음과 같이 총 3차에 걸쳐 검토합니다.

1. 번역 원고를 챕터 단위로 소리 내어 읽으며 가독성을 점검한다.
2. 번역 원고를 챕터 단위로 원문과 대조하며 정확성을 점검한다.
3. 번역 원고 전체를 출력해서 읽어가며 유기적 연결성을 점검한다.

사람 일은 아무도 몰라요. 제 역서가 언젠가 전 국민이 다 아는 베스트셀러가 될지도 모르죠. 저는 그날이 반드시 올 거라 믿고 그때 독자들에게 '믿고 보는 김고명'이라는 말을 들을 수 있도록 검토에 공을 들이고 있어요. 여러분도 베스트셀러 번역가가 될 예정이라면 지금부터 대비하시길 바랍니다.

Tip

검토할 때는 HWP의 변경 내용 추적 기능을 이용하면 좋습니다. 어떤 부분을 어떻게 수정했는지 문서에 표시해주는 기능입니다. 저는 3차 검토를 할 때 변경 내용 추적 기능을 켜놓고 수정합니다. 그리고 원고를 제출하기 전에 수정한 부분을 다시 살펴보며 수정한 문장이 나은지, 이전 문장이 나은지 확인해요. 혹시 출력본에 표시해 놓은 수정 사항을 파일에 반영하는 과정에서 엉뚱한 부분을 건드렸어도 이 과정에서 찾을 수 있습니다.

이 기능은 원고의 특정 문구를 일괄 변경할 때도 유용합니다. 가령 '나이'를 '연령'으로 모두 바꿨더니 '사나이'가 '사연령'으로 되어 있을 수 있잖아요? 이때 변경 내용 추적 기능이 작동 중이면 오류를 쉽게 발견할 수 있죠.

검색에도
비법이 있습니다

"내가 찾았어요!"

"제시카 L. 버리스(Jessica L. Burris)와 마이클 안드리코스키(Michael Andrykowski)의 2010년 논문 〈시골과 비 시골 지역 암 생존자의 정신건강 격차: 예비조사(Disparities in Mental Health between Rural and Nonrural Cancer Survivors: A Preliminary Study)〉 [역사: 원문에는 논문 명이 'Rural Cancer Survivors & Mental Health'로 되어 있지만 확인

결과 이런 논문은 없고 위의 논문이 여기서 나온 내용을 다루고 있습니다.]에 따르면 사회경제적으로 (후략)"

제가 번역한 《마이크로트렌드X》의 원고에 나오는 문장입니다. [ ] 안에 있는 메시지를 보시면 알겠지만 제가 원문에 잘못 기재된 부분을 찾아서 바로잡았습니다. 원문에 나온 논문명으로 검색을 해봤더니 그런 논문은 존재하지 않았어요. 그래서 논문 저자들의 이름으로 검색해서 논문의 정체를 밝혀냈죠. 왜 원문을 그대로 옮기지 않고 굳이 검색하냐고요? 습관입니다. 원문에 이름, 도서명, 지명 같은 게 언급되면 일단 검색을 해봐요. 저자도 사람이니까 실수가 있을 수 있잖아요. 기왕이면 독자에게 정확한 정보를 제공하고 싶어서 한 번 더 찾아보는 거죠.

저는 번역을 하면서 검색을 꽤 많이 하는데요, 크게 다음의 세 가지를 검색합니다. ①내가 모르는 내용 ②이름 ③인용문.

먼저 ①번에 대해 이야기해볼게요. 번역을 하다 보면 제가 모르는 내용이 종종 나와요. 어찌 보면 당연합니다. 다양한 분야, 다양한 주제의 책을 번역하는데 인간 백과사전이 아니고서야 어떻게 그 모든 것에 대해 소상히 알고 있겠어요.

《마이크로트렌드X》는 다방면의 50가지 작은 트렌드를 소개하는 책입니다. 광범위한 분야를 아우르는 만큼 제가 지식이 부족해서 조사해야 하는 내용이 많았어요. 예를 들면 이런 문단이 나옵니다.

"아울러 대선 경선에서 코커스를 철폐해야 한다. 코커스는 21세기에 어울리는 공정한 방식이 아닌 데다 참가율이 저조한 만큼 열성적인 주변부 사람들에게 훨씬 큰 힘이 실린다. 그리고 경선이 치러지는 주의 순번 역시 제비뽑기를 해서라도 지속적으로 바꿔서 뉴햄프셔주와 아이오와주가 득세하는 현실을 바꿔야 한다."

이 문단을 번역하기 위해 저는 두 가지를 조사했습니다. 첫째, 코커스가 무엇인가? 둘째, 왜 경선에서 뉴햄프셔주와 아이오와주가 득세하는가? 그걸 알아야 저자의 논리를 이해할 수 있고, 그래야 정확한 번역이 가능하니까요. 바로 구글에서 검색했어요. 요즘 웬만한 건 구글에 치면 다 나와요. 괜히 번역가들이 '구글 신'이라고 추앙하는 게 아니에요. 코커스와 경선에 대한 궁금증도 시간이 좀 걸렸을 뿐 구글 신께서 풀어주셨습니다. 그 결과 "정해진 시간과 장소에 당원들이 모여 토론을 거친 후 주로 공개투표로 지지 후보를 밝히는 방식", "뉴햄프셔주의 프라이머리와 아이오와주의 코커스가 다른 주보다 먼저 치러지기 때문에 두 주의 결과가 선거의 풍향계로 작동하며, 그에 따라 후보들도 두 주에 각별히 공을 들이는 경향이 있다"라는 내용을 역자 주석으로 넣었어요. 미국 정치 제도에 익숙하지 않은 독자의 이해를 돕기 위해서요. 독자가 생소한 내용을 이해하기 위해 고생할 것 같으면 역주를 달아주는 편이 좋습니다.

자, 다음은 ②번 이름입니다. 여기에는 인명, 도서명, 단체명, 지명 등이 포함됩니다. 이름을 검색하는 이유는 정확한 이름과 우리 독자에게 익숙한 이름을 확인하기 위해서입니다. 이 글을 시작하면서 소개한 사례처럼 간혹 저자의 착오나 편집상의 실수로 이름이나 제목이 잘못 적히는 경우가 있어요. 그런 부분은 기왕에 번역 과정에서 바로잡아주면 나중에 우리 독자가 관련 내용을 검색할 때 도움이 되겠죠.

그리고 국내에 정착된 이름이 있다면 그대로 써주는 게 좋습니다. 예를 들어 Rockefeller를 미국인이 발음하는 대로 쓴다면 '라커펠러'라고 해야겠지만 우리에게는 이미 '록펠러'

가 익숙하죠. MacArthur도 원래는 '머카서'지만 우리나라에서는 '맥아더'로 씁니다.

그러면 국내에서 통용되는 이름이 있는지 어떻게 알 수 있을까요? 저자 이름이나 도서 제목의 경우에는 온라인 서점에서 검색해보면 됩니다. 우리말로 출간된 도서가 있다면 거기 쓰인 이름과 제목을 그대로 쓰면 되죠. 혹시 서점 데이터베이스에서 누락됐을 수도 있으니 저는 국립 중앙도서관에서 한 번 더 검색해봅니다. 그 밖의 사람들은 국내 포털에서 검색해봅니다. 그래서 포털에서 제공하는 인물 정보가 있거나 언론에서 여러 차례 언급된 사람이라면 거기 쓰인 이름을 그대로 씁니다. 단체명도 마찬가지고요. 만일 국내에서 두루 쓰이는 이름이 없다면 원어 발음에 가깝게 번역합니다.

발음법은 일단 구글에서 'pronounce 이름'으로 검색한 후 마땅한 결과가 안 나오면 유튜브에서 그 이름을 검색해서 해당 인물이 직접 나오거나 소개되는 영상이 있으면 거기 나오는 발음을 사용합니다. 이렇게까지 했는데도 못 찾는 이름은 별수 없죠, 감으로 번역하는 수밖에요.

이름을 번역할 때는 실제 이름과 영어식 이름이 다른 경우를 주의해야 합니다. 대표적인 예로 이탈리아의 피렌체와 베네치아는 영어에서 각각 플로런스와 베니스로 불립니다. 그리고 고대 그리스·로마인의 이름과 저작물도 영어식 이름이 다른 예가 많습니다. 호메로스의《일리아스》를 영어에서는 호머의《일리아드》라고 하죠. 성 히에로니무스는 아예 성 제롬이라고 전혀 연관성 없는 이름으로 불립니다. 되도록이면 원래 이름을 찾아주는 게 좋다고 생각합니다.

마지막으로 검색을 통해 조사하는 것 ③번은 인용문입니다. 번역하다 보면 명언, 인터뷰, 다른 책을 인용하는 문장이 종종 나와요. 이런 인용문은 전체 중 일부만 따왔기 때문에 뜻이 명확히 이해되지 않을 때가 있습니다. 그러면 또 검색해서 인용문이 쓰인 전후 맥락을 알아봐야죠. 검색은 역시 구글을 이용합니다. 이때는 큰따옴표(" ") 안에 인용문을 넣어서 검색해요. 큰따옴표를 쓰면 입력한 검색어와 정확히 일치하는 결과만 보여주거든요. 예를 들어 제가 여덟 번째 습관을 시작하면서 쓴 문장인 "고명 씨는 자판기야. 큐 들어가면 바로 연기가 나오잖아"를 따옴표를 써서 검색하면 제가 쓴 글만 나오지만, 따옴표를 쓰지 않으면 관련 없는 글도 많이 나와요. 영어의 경우 대부분의 인용문은 출전에 실린 원문을 그대로 볼 수 있습니다. 기사나 논문에서 발췌한 것이라면 거의 100퍼센트 해당 글을 볼 수 있고요. (유료로 열람해야 하는 경우도 있습니다.) 책에서 발췌했다고 해도 영어권에서 출간된 도서 중 상당수는 구글을 통해 해당 페이지를 읽을 수 있습니다.

자, 정리해볼까요? 저는 독자에게 정확한 정보를 제공하기 위해 다음과 같이 검색을 활용합니다.

1. 내가 모르는 내용이 나왔을 때 자료를 조사한다.
2. 인명, 도서명, 지명 등이 나왔을 때 정확한 이름과 독자에게 익숙한 이름을 찾는다.
3. 인용문이 나왔을 때 출전의 원문을 확인한다.

이렇게 수시로 검색하는 게 솔직히 조금 귀찮기도 합니다. 하지만 남의 돈 받고 하는 일인 만큼 꼼꼼하게 해야죠. 그리고 원문의 오류를 발견했다면 이 글의 도입부에 쓴 문장처럼 원고에 "내가 찾았어요!"라는 메시지를 넣어주면 좋습니다. 내가 그만큼 번역에 심혈을 기울인다는 걸 출판사에 알릴 좋은 기회잖아요. 혹시 아나요, 정성이 갸륵해서 다른 책도 맡겨줄지요. 오른손이 찾은 오류를 왼손이 알게 합시다.

Tip

인터넷 브라우저 크롬과 파이어폭스는 검색 사이트를 따로 방문하지 않고도 주소 막대에서 바로 키워드 검색이 가능합니다.

예를 들어 국립중앙도서관에 '국'이라는 키워드(일종의 식별 값)를 지정해 놓으면, 주소 입력 창에서 '국 김고명'이라고 치면 국립 중앙도서관에 접속해서 제 이름으로 검색한 것과 똑같은 결과물이 떠요. 검색을 많이 해야 하는 번역가에게 매우 유용한 기능입니다. 이렇게 설정해두려면, 크롬은 [설정] – [검색엔진] – [검색엔진 관리] – [기타 검색엔진]에서 검색용 URL을 등록하고 키워드를 저장해 둘 수 있어요.

검색용 URL을 찾는 방법은 간단합니다. 사이트에 들어가서 아무 검색어, 예를 들면 '번역가'로 검색해보세요. 그러면 결과 페이지가 나오죠? 이때 주소 막대에 나오는 주소가 바로 검색용 URL입니다. 국립 중앙도서관의 경우에는 https://nl.go.kr/NL/contents/search.do?srchTarget=total&pageNum=1&pageSize=10&kwd=번역가 이죠. 여기서 검색어에 해당하는 부분, 즉 '번역가'만 크롬 브라우저에서 인식할 수 있게 '%s'로 바꿔주면 됩니다. https://nl.go.kr/NL/contents/search.do?srchTarget=total&pageNum=1&pageSize=10&kwd=%s 이렇게요. (검색용 URL은 사이트 개편 등의 이유로 바뀔 수 있습니다.)

아마 설정에 들어가 보시면 평소 자주 방문하는 사이트의 경우 이미 기타 검색엔진으로 자동 등록되어 있을 거예요. 이때는 키워드만 짧게 변경하면 훨씬 사용이 편리하겠죠.

파이어폭스는 더 간단합니다. 사이트의 검색 칸에서 오른쪽 클릭을 한 후 [이 검색의 키워드 추가]를 선택하면 됩니다.

참, 키워드를 영어와 한국어로, 예를 들어 '국'과 '국'에 해당하는 영문 자판 'rnr'로 모두 등록해두면 자판의 한영 상태에 상관없이 이용할 수 있어 좋습니다. 저는 '국'도 귀찮아서 'n', 'ㅜ'으로만 등록해놓고 써요.

영단어 암기법
(with 선배들에게 존경을)

"오, 그럼 영어 되게 잘하시겠네요?"

번역한다고 하면 흔히 듣는 말입니다. 네, 영어로 먹고사니까 영어 잘한다고 생각하는 게 당연하죠. 저도 당연히 영어를 잘한다고 대답해야 할 테고요. 하지만 그렇게 자신 있게 말하지 못하는 게 슬픈 현실입니다. 솔직히 제가 영어를 '되게' 잘하진 않거든요. 아니, 번역가가 영어를 못 한다니 무슨 소리냐고 하실 수도 있겠지만, 잠깐만요, 영어를 못 하는 건 아니에요. 어디 가서 자랑할 만큼은 아니라는 거죠. 그도 그럴 게 저는 읽기만 잘하거든요. 나머지 듣기, 말하기, 쓰기는 약합니다. 그나마 학교 다닐 때는 과가 과인만큼(영어영문학) 매일 영어를 쓰니까 실력이 날로 좋아졌는데 졸업 후에는 번역할 때 말고는 영어 쓸 일이 없다 보니 10년째 정체기예요. 부끄러운 말이지만요. 그래서 구차하지만 "어, 읽기만 잘해요"라고 말합니다. 그러면서도 사실 좀 찔리는 건 여전히 영어책을 읽을 때 모르는 단어가 적잖이 나온다는 거예요.

번역을 시작할 때와 비교하면야 어휘력이 좋아졌지만 여전히 썩 마음에 드는 수준은 아니에요. 그러다 보니 20세기부터 활약한 번역가 선배들을 생각하면 존경스럽습니다. 그때는 온라인 사전이 없었잖아요. 그나마 전자사전이라도 있었던 시절에는 사정이 좀 나았겠지만 그 이전에는 종이 사전만 썼을 거 아니에요? 종이 사전은 다들 학창 시절에 써봐서 아시죠? 단어 하나 찾으려면 얼마나 번거롭고 시간이 오래 걸리는지.

그 시절에는 번역가가 매번 사전에 의존해 번역 하기에는 시간도 오래 걸리고 아마 힘들있을 거예요. 그러니까 평소에 어마어마한 어휘력을 보유하고 있었겠죠. 하지만 저는 하루에도 족히 수십 번은 온라인 영어사전을 찾아요. 물론 번역가라면 사전을 가까이해야 하지만, 문제는 전에 찾았던 단어를 또 찾는 경우가 많다는 거예요. 낯은 익은데 뜻이 정확히 기억나지 않는 거죠. 사람으로 치자면 만날 때마다 이름을 물어보는 격입니다. 단어에 얼마나 실례되는 일인가요. 더욱이 소득도 깎아 먹는 짓이고요. 번역가는 작업 시간이 아니라 작업물의 분량에 따라 보수가 책정되니까 아는 단어가 많아서 사전을 찾는 횟수가 줄어들수록 벌이도 좋아집니다.

그렇다면 왜 자꾸 똑같은 단어를 찾는 걸까요? 그때그때 외우지 않고 의미만 확인하고 넘어가기 때문이에요. 한 문장이라도 더 번역해서 돈 더 벌자는 근시안적인 태도 때문인데, 종이 사전과 달리 온라인 사전을 쓰면 단 몇 초 만에 간단히 뜻을 확인할 수 있으니까 암기의 필요성을 절실히 느끼지 못하는 것도 있어요. 그러니까 어휘력에 발전이 없습니다. 번역가임에도 영어 잘한다고 떵떵거릴 수도 없고요. 이런 현실을 극복하기 위해 제가 습관적으로 하는 일이 있어요. 그게 뭐냐 하면 매일 그날 찾은 단어 중에서 다섯 개를 외우는 겁니다. '애개, 겨우 다섯 개? 한 열 개, 스무 개는 외워줘야 단어 좀 외운다고 할 수 있지 않나?'라는 생각이 들 수도 있을 텐데요,

처음에는 저도 열 개씩 외웠어요. 그런데 원래도 암기력이 썩 좋지 않거니와 이제는 나이가 들어서인지 하루 열 개 암기도 쉽지가 않더라고요. 더욱이 열 개를 외우려면 다섯 개 외울 때보다 시간이 배는 더 걸리잖아요? 안 그래도 육아 보조한다고 제 시간이 부족한데 단어 정리하고 외우는 시간까지 오래 걸리니까 습관을 유지하기가 쉽지 않더라고요. 그래서 만만한 다섯 개로 정했습니다.

그러면 어떻게 외우느냐? 학창 시절에는 그냥 뜻을 외웠죠. 예를 들어 'ramble'이라고 하면 '거닐다, 구불구불 뻗어 나가다, 두서없이 이야기하다' 하는 식으로 암기했죠. 그런데 제가 해보니까 이건 썩 효과적인 암기법이 아니에요. 그렇게 추상적이고 단편적인 개념은 기억에 잘 남지도 않거니와 여러 단어를 한꺼번에 외우다 보면 서로 엉켜서 헷갈리기 일쑤거든요. 그래서 제가 쓰는 수법은 한 놈만 골라서 그림을 그리는 거예요. 보통 한 단어에 여러 가지 뜻이 있지만 저는 그걸 다 외우지 않고 그중에서 하나만 골라서 외워요. 웬만해서는 한 가지 뜻만 알아도 다른 의미는 글을 읽을 때 문맥을 통해 유추할 수 있으니까요. 그게 아니면 사전 찾으면 그만이죠, 뭐.

그림을 그린다는 건 사전에 열거된 개념이 아니라 머릿속에서 구체적인 장면이 연상되는 문장을 외운다는 말입니다. 'ramble'의 경우에 제가 외운 문장은 'He rambled on about his acting career'였어요. 한물간 배우가 왕년의 활약상에 대해 장광설을 늘어놓는 장면이 떠오르지 않으세요? 이렇게 선명한 그림이 그려지면 암기가 한결 잘됩니다. 그리고 이렇게 문장을 통째로 외우면 말을 하거나 글을 쓸 때 그 문장을 응용할 수 있어서 좋아요. 우리가 회화에 약한 게 단어의 뜻만 알지, 그 단어를 언제 어떻게 써야 하는지 모르기 때문이잖아요. 실제로 그 단어가 사용된 사례를 암기하면 필요할 때 곧장 꺼내서 쓸 수 있죠.

그렇다면 이런 문장은 어디서 구할 수 있을까요? 물론 사전입니다. 사전에 예문이 있잖아요? 그중에서 마음에 드는 거로 고르면 돼요. 저는 되도록 열 단어 이하로 구성된 문장을 고릅니다. 너무 길면 잘 안 외워져서요. 말씀드렸다시피 구체적인 행동이 그려지는 문장을 선호하고요. 사전에 마음에 드는 문장이 없으면 인터넷에서 건지면 됩니다. 구글에 단어를 넣으면 수많은 문장이 나오잖아요? 그중에서 하나를 고르면 되죠.

이런 식으로 날마다 다섯 개 단어를 선정해 예문을 외웁니다. 처음에는 사전에 실린 예문을 참고해 직접 문장을 만들어볼까 싶기도 했는데 귀찮고 시간이 오래 걸려서 안 되겠더라고요. 모름지기 습관은 만만해야 하니까요.

　단어장은 메모 앱 노션에서 만듭니다. 말이 나온 김에 한번 보시죠. 보시면 예문 옆에 다음 날, 다음 주, 다음 달이라고 적힌 열이 있죠? 외운 문장을 확인하는 주기를 뜻합니다. 다음 날 단어만 보고 예문을 정확히 기억할 수 있으면 다음 날 체크 박스에 체크하고, 그렇지 않으면 다시 외운 후 또 다음날 점검합니다. 다음 주, 다음 달도 확인해서 까먹었으면 다시 외워요.

　자, 정리해보죠. 저는 어휘력을 향상하기 위해 이렇게 합니다.

1. 매일 단어 다섯 개를 선정한다.
2. 각 단어가 사용된 문장을 외운다.
3. 다음날, 다음 주, 다음 달에 그 문장을 정확히 외우고 있는지 확인한다.

하루에 다섯 개가 별것 아닌 것 같지만 그중에 한 개씩만

8/19 월 ⊞ Default View ˅

Aa 단어	☰ 예문	☑ 다음날	☑ 다음주	☑ 다음달	+
fray	The cuffs of his shirt were fraying.	☑	☑	☐	
principled	He lacks flexibility because he is so principled.	☑	☑	☐	
put sb down	Why did you have to put me down in front of everybody like that?	☑	☑	☐	
in the wake of	Disease began spreading in the wake of the floods.	☑	☑	☐	
prod	She prodded him in the ribs to wake him up.	☑	☑	☐	

+ New

8/16 금 ⊞ Default View ˅

Aa 단어	☰ 예문	☑ 다음날	☑ 다음주	☑ 다음달	+
sloppy	He went home, leaving behind his sloppy work.	☑	☑	☑	
save the day	Owen's late goal saved the day for Liverpool.	☑	☑	☑	
stellar	His restaurant has received stellar ratings in the guides.	☑	☑	☑	
bastion	The press is the last bastion of democracy.	☑	☑	☑	
choppy	The sea was choppy, as a rather stiff northeast wind was blowing.	☑	☑	☑	

+ New

- 노션 앱을 활용해서 단어장을 온라인상에서 만든 모습. 노션은 생산성 관리 프로그램으로 개발자 및 프로젝트 관리자들에게 인기가 높은 앱이다.

기억한다고 해도 1년에 200일을 일한다고 치면 200개의 단어가 머릿속에 저장돼요. 더 중요한 건 200개의 문장이 쌓인다는 거죠. 이것은 단순히 번역을 잘하는 사람이 아니라 영어를 잘하는 사람이 되기 위해 매우 중요한 자산이에요.

저는 어디서든 영어를 잘한다고 떳떳이 말할 수 있는 사람이 되기 위해 오늘도 단어를 외웁니다.

Tip

오늘 내가 찾은 단어를 어떻게 알 수 있을까요? 기억을 더듬는 방법도 있습니다만, 네이버 영어사전을 이용한다면 쉽게 추적을 할 수 있습니다.

네이버 영어사전에서 오른쪽 사이드바를 보면 '내가 찾은 단어'라는 항목이 있고 그 밑에 '자동 저장' 기능을 활성화하는 버튼이 있어요. 자동 저장을 활성화하면 내가 찾은 단어가 자동으로 단어장에 저장됩니다. 그러면 일과를 마친 후 단어장을 보고 외우고 싶은 단어 다섯 개를 선정하면 되겠죠?

번역 시작 전 책 전체를
미리 읽어두는 게 좋다

"망했다, 이제 휴게소 없다!"

지난 추석 때 일입니다. 집으로 돌아오는 길에 내비게이션만 믿고 무작정 도로에 오른 게 문제였어요. 저희 애가 아직 돌이 안 됐어요. 때맞춰 분유를 먹여야 하는데 중간에 휴게소에서 먹일 생각이었죠. 그런데 아뿔싸, 어느 시점을 지나니까 휴게소가 나오지 않는 거예요. 고속도로를 벗어나 국도에 접어들었거든요. 출발하기 전에 경로 확인을 안 하고 당연히 올 때처럼 쭉 고속도로만 탈 줄 알았는데, 내비게이션만 따라가다 보니 중간에 국도로 빠진 겁니다.

국도를 타고 10분쯤 지나자 그동안 곤히 자던 아이가 깨서 배가 고프다고 웁니다. 그런데 차 세울 데가 없어요. 갓길은 너무 좁고 휴게소는커녕 졸음 쉼터도 나오지 않습니다. 아이는 이제 숫제 악을 쓰며 울어요. 차 안에서 배고프다고 우는 아이의 울음을 들으며 멈추지도 못하고 달리는 것도 못 할 짓이더군요. 그렇게 한참을 달리자 다행히 마을이 나오고 공터가 보여 차를 세우고 분유를 탔습니다. 근데 보온병에 넣어온 물이 너무 뜨거운 거예요. 어디 화장실에 가서 수돗물로 좀 식히면 좋을 텐데 작은 시골 마을인 데다가 연휴라 어디 문을 연 상가도 없습니다. 애는 계속 우는데 어쩔 수 있나요? 다시 출발해야죠. 그리고 얼마를 더 가서야 겨우 식은 분유를 먹일 수 있었습니다.

예, 맞습니다. 제가 죄인입니다. 처음부터 길을 확인하고 운전대를 잡았어야죠. 길을 알았으면 마지막 휴게소를 놓치지 않았을 거예요. 이 얘기를 왜 이렇게 길게 하는가 하면 번역을 할 때도 미리 내가 갈 길을 알아두면 좋기 때문이에요. 그 길이 무엇이겠습니까. 바로 번역할 책의 내용이죠. 제가 볼 때 이상적인 번역 과정은 일단 책을 모두 읽고 시작하는 거예요. 번역을 시작하기 전에 책의 주제 의식, 논조, 문체, 키워드 등을 파악하면 처음부터 더 완성도 있는 번역이 가능합니다.

예를 들면 저자가 우리말로는 '정치적 올바름'이라고 번역하는 'political correctness'를 굉장히 중시하는 사람이라고 해보죠. 간단히 말해 차별과 인권 침해의 소지가 있는 언사를 하지 않는 거예요. 그래서 'illegal immigrants(불법 이민자)'라는 표현 대신 'immigrants without legal documentation(합법적 신분증이 없는 이민자)'라고 완곡한 표현을 썼다면? 미리 책을 읽고 저자의 성격을 파악한 번역가라면 그에 맞게 '비합법 이민자' 같은 완곡한 표현을 썼을 거예요.

그리고 만일 소설을 번역한다고 하면 줄거리, 인물들의 성격과 관계 등을 인지하고 번역에 들어가는 편이 아무래도 좋겠죠? 특히 영어와 달리 우리말은 존댓말과 반말이 존재하기 때문에 미리 인물들이 서로 어떤 말투를 쓸지 생각해 놓는 게 좋아요.

그런데 이게 이상적이라고 하는 이유는 솔직히 제가 그렇게 못할 때가 많기 때문이에요. 앞의 책을 번역하는 동안 틈틈이 다음 책을 읽어두면 좋을 텐데, 번역에 들어가기 직전에 읽으려고 하니 시간에 쫓겨 결국엔 절반 정도밖에 못 읽거나 문장을 마구 건너뛰며 읽기 일쑤입니다.

쓰고 보니 좀 부끄럽네요. 다음 책부터는 꼭 미리 다 읽고 시작해야겠습니다. 대신 저는 차선책으로 매일 다음날 작업할 분량을 미리 읽어둡니다. 요즘 일반적인 단행본 원서를 기준으로 하면 하루에 7쪽 정도를 번역하거든요. 그래서 잠자기 전에 미리 다음 7쪽 정도를 읽어놔요. 학교 다닐 때 선생님들이 강조하던 예습과 같은 거죠. 미리 공부해두면 그만큼 학습 혹은 번역 효율이 높아져요.

간단한 예로 번역 중에 "그가 배를 찼다"라는 문장이 나왔다고 해보죠(편의상 영어가 아닌 한국어 문장을 예로 들었습니다). 이 문장만 봐서는 복부를 걷어찼다는 건지, 정박 중인 선박을 찬 건지, 배나무에 열린 열매를 찼다는 건지 알 수가 없어요. 결국에는 아래에 있는 문장들을 읽어봐야 정확한 의미를 이해할 수 있죠. 하지만 미리 읽어뒀다면 내용을 아니까 아래로 내려갔다가 다시 올라오는 수고 없이 바로 번역할 수 있겠죠? 비슷한 예로 미국 민주당의 슈퍼대의원을 언급하는 문장이 나왔다고 해보죠. 정확한 번역을 위해 슈퍼대의원이 무엇인지 조사하고 우리 독자를 위해 친절히 역주도 달았습니다. 그런데 바로 몇 문장 아래에서 슈퍼대의원에 대한 설명이 이어진다면? 괜히 시간만 낭비한 거죠. 미리 읽어뒀으면 굳이 조사하지 않아도 됐을 텐데요.

이처럼 전체적인 흐름을 모르면 쓸데없는 수고를 하거나 안 써도 될 시간을 낭비할 때가 많습니다. 앞선 글들에서도 말했지만 번역가는 작업 시간이 아니라 작업물의 분량을 기준으로 보수를 받으니까 시간을 효율적으로 활용하는 게 소득과 직결되는 문제예요. 그러니 이런 낭비는 줄일수록 좋아요. 그리고 미리 작업 분량을 읽어두는 건 작업 속도를 파악하기에도 좋고요. 마감일은 정해져 있으니까 현시점에서 이 지점을 번역하는 게 적당한지, 아니면 좀 더 속도를 내야 하는지 알 수 있거든요. 그렇게 매일 확인하면서 번역 속도를 조율하면 거뜬히 마감일을 지킬 수 있죠.

그러면 왜 작업을 시작하는 당일에 안 읽고 전날에 읽는 걸까요? 집중력을 아끼기 위해서입니다. 보통 저는 아침에 집중력이 제일 좋아서 일이 제일 잘 돼요. 사람마다 시간대는 다르겠지만 일을 시작할 때 가장 정신이 맑고 작업 효율이 높죠. 그러면 그 시간은 번역에 써야죠. 어차피 책을 읽는 건 고도의 집중력을 요구하는 건 아니니까요. 우리 번역가들은 매일 글을 파먹고 사는 사람들이잖아요? 그러니까 책을 읽는 데는 이골이 났죠. 책이야 솔직히 눈 감고도, 까지는 아니어도 방바닥에 널브러져서도 읽을 수 있잖아요. 그래서 저는 전날 밤에 잠들기 전에 침대에 누워서 다음날 분량을 읽어요. 피곤하고 졸리죠. 하지만 괜찮아요. 대략적인 흐름만 파악하면 되니까요.

침대에서 책이 잘 읽히냐고요? 네, 잘 읽힙니다. 한 손으로 아이패드나 아마존 킨들을 받치고 모로 누워서 읽어요. 보통은 출판사에서 PDF로 전자 원고를 주지만 저는 굳이 제 돈 주고 킨들판을 사서 읽어요. 그 이유는 두 가지인데요, 하나는 전자 원고와 출간본이 미묘하게 다른 경우가 종종 있기 때문입니다. 번역가에게 제공되는 전자 원고가 최종 편집본이 아닐 때가 있는 거죠. 그래서 저는 원서를 종이책 없이 전자 원고로만 받았을 때는 킨들본을 따로 사서 봐요.

또 다른 이유는 읽기가 편해서이기도 해요. 일단 종이책은 누워서 보기가 불편하죠. 한 손으로 쫙 펼쳐서 잡을 수도 없고 책장을 넘기기도 번거로우니까요. 그리고 PDF로 된 전자 원고는 문서 파일처럼 글씨 크기만 키울 수도 없고 사진처럼 페이지 전체를 확대해야 하므로 태블릿으로 보려면 작은 글씨를 감수하거나 한 페이지를 화면에 다 표시하지 못하는 불편을 참아야 합니다. 그래서 글씨 크기와 간격, 서체, 여백을 마음대로 조절할 수 있는 킨들본을 이용해요. 보통 킨들 책 한 권에 우리 돈으로 15,000원 정도 하지만 그만큼 효율적으로 읽을 수 있으니까 투자할 가치가 있어요. 전에도 말했지만 습관을 유지하려면 그 행동이 편하고 만만해야 합니다. 불편하면 지속하지 않아요. 15,000원에 습관을 유지할 수 있다면 밑지는 장사는 아닙니다.

자 이제 결론으로 들어가 볼게요. 작업이 물 흐르듯 진행되도록 매일 잠들기 전에 다음날 작업할 분량을 읽는다. 별것 아닌 것 같죠? 예, 정말 별것 아닙니다. 끽해야 하루 15~30분이면 되는 일이에요. 근데 제가 해보니까 번역 효율은 천지 차이입니다. 운전과 같아요. 운전할 때 길을 몰라서 자꾸 헤매고 가다 서다 하면 운전할 맛이 안 나잖아요. 반대로 멈추지 않고 쭉쭉 달리면 얼마나 후련합니까. 번역도 미리 내 앞에 난 길을 알아두면 쭉쭉 작업이 진행돼서 더 재미있어요.

성리 들어갑니다. 번역을 시작하기 전 책 전체를 미리 읽고 시작하는 게 좋다.

1. 번역을 시작하기 전 번역할 원서를 미리 읽어둔다.

2. 혹시 그럴 사정이 안 된다면 적어도 훑어 읽기만이라도 하자.

3. 번역에 들어가서는 하루 치 번역 분량의 내용을 미리 읽어둔다. 즉, 내일 번역할 내용을 미리 읽어둔다.

4. 사전에 원서를 읽는 방법은 킨들 같은 전자책 단말기를 이용하면 편리하다.

Tip

시간이 부족하거나 책을 읽는 속도가 느리다면 건너뛰며 읽는 것도 좋은 방법입니다. 중요한 부분만 읽고 나머지는 생략해버리는 거죠. 저는 모든 책을 처음부터 끝까지 정독할 필요는 없다고 봐요. 급하면 필요한 부분만 취해야죠. 그 방법 중 하나는 제가 본문에서 말한 대로 각 문단의 첫 문장만 읽는 겁니다. 일반적으로 한 문단은 주제를 말하는 첫 문장과 그것을 부연하는 문장들로 구성돼요. 그러니까 첫 문장만 연달아 읽어도 책의 큰 흐름은 이해할 수 있습니다. 또 다른 방법은 사례와 통계를 건너뛰는 겁니다. 보통 사례와 통계는 독자의 이해를 돕거나 주장을 증명하기 위해 사용되죠. 저자의 논리를 좇아가는 데 문제가 없다면 과감히 넘어가도 좋습니다.

저도 예전에는 모든 책을 정독했는데요, 책 읽는 속도가 워낙 느리다 보니까 읽고 싶은데 아직 차례가 안 돼서 대기 중인 책이 너무 많아지더라고요. 그래서 건너뛰며 읽기로 노선을 바꿨어요. 첫 문장만 읽는 방식은 아니지만 이건 안 읽어도 되겠다 싶은 문장과 문단은 미련 없이 넘어가 버려요. 그랬더니 책 한 권 읽는 데 걸리는 시간이 크게 줄어서 같은 시간에 더 많은 책을 읽을 수 있게 됐어요. 물론 정독해야 할 책은 정독하고요.

13

자주 이용하는 사전,
그리고 사전 이용법

"전설의 1번 번역가라고 들어봤나?"

제가 10여 년 전에 번역을 배울 때 선생님으로부터 들은 말입니다. 1번 번역가라니요? 누구나 첫손가락에 꼽을 만큼 유명하거나 유능한 번역가? 아니요. 모든 단어를 영한사전에 나오는 첫 번째 항목의 뜻으로만 번역한다고 해서 1번 번역가라고 합니다. 실제로 그런 번역가가 존재했는지는 모르겠지만 사전 찾기를 게을리하지 말고 찾더라도 그 의미를 꼼꼼히 보라는 뜻으로 하신 말씀이겠죠.

혹자는 번역가라고 하면 어마어마한 어휘력을 자랑하며 사전 없이도 외국어 문장을 쓱쓱 해석하는 사람을 떠올릴지도 모르겠지만, 번역가라면 다들 아실 거예요. 하루에도 사전을 얼마나 많이 찾는지요. 그럴 만도 한 게 모르는 단어를 찾는 거야 당연하고 아는 단어도 찾아봐야 하거든요. 이 뜻이 맞나 의심스러울 때, 혹시 내가 모르는 다른 뜻이 있진 않을까 봐 신경 쓰일 때도 사전을 찾는 거죠. 그게 밤에 두 다리 뻗고 자는 비결입니다. 대충 이런 뜻이겠지 하고 어림짐작으로 번역하잖아요? 다른 일 하다가 갑자기 생각납니다. 가슴이 철렁해요. 직업병이라면 직업병이죠.

사전 찾기 귀찮지 않냐고요? 귀찮긴 한데 못 해먹을 만큼은 아니에요. 왜냐하면 우리에겐 온라인 사전이 있으니까요. 종이 사전을 이용해야 한다면 아마 진작에 때려치웠을 거예요. 언제 그 두꺼운 책을 다 뒤지고 있나요. 하지만 온라인 사전은 키보드 몇 번 치면 바로 뜻이 나옵니다.

제가 주로 쓰는 사전을 나열해보죠.

1. 영한사전

《옥스퍼드 영한사전》

《프라임 영한사전》

《올인올 영한사전》

《신영한대사전》

《슈프림 영한대사전》

2. 영영사전

《콜린스 코빌드 어드밴스드 러너스 잉글리시 딕셔너리

(Collins Cobuild Advanced Learner's English Dictionary)》

《뉴옥스퍼드 어메리컨 딕셔너리(New Oxford American

Dictionary)》

3. 국어사전

《표준국어대사전》

《고려대한국어대사전》

《우리말샘》

영한 5종, 영영 2종, 국어 3종 해서 모두 총 10종이군요. 아니, 이렇게 많은 사전을 어떻게 다 찾냐고요? 이 중에서 《뉴욕스퍼드 어메리컨 딕셔너리》만 빼면 모두 네이버 사전에서 이용할 수 있어요. 네이버 사전은 한 화면에서 탭만 클릭하면 사전을 바꿔볼 수 있습니다. 《뉴옥스퍼드 어메리컨 딕셔너리》는 애플 맥에서 기본으로 제공하는 사전이고요.

그렇다면 왜 굳이 이렇게 많은 사전을 쓰는 걸까요? 일단 영한사전을 여러 가지로 쓰는 건 사전마다 뜻풀이에 사용되는 어휘가 다를 수 있기 때문입니다. 기왕이면 같은 영어 단어라도 한국어 표현을 여러 개 확보하면 번역하는 데 도움이 되겠지요? 가령 'ludicrous'라는 단어를 찾아보면 《옥스퍼드 영한사전》에서는 '터무니없는'이라고 되어 있고 《프라임 영한사전》에서는 '웃기는, 우스꽝스러운, 익살 부리는, 가소로운, 바보 같은'이라고 되어 있어요.

그리고 어떤 단어의 경우 이 사전에는 있고 저 사전에는 없는 뜻도 있어요. 예를 들어 노숙자 청년을 지원하는 단체를 이야기하면서 "We partner with day centres and hostels"라는 문장이 나왔다고 하죠. 여기서 'hostel'이 뭘 뜻할까요? 여행자들이 묵는 숙소요? 땡! 노숙인 쉼터입니다. 이건 위의 영한사전 중에서 《옥스퍼드 영한사전》과 《올인올 영한사전》에서만 나와요. 여러 사전을 찾아보지 않는다면 놓칠 수 있는 부분이죠.

다음으로, 영한사전만 쓰지 않고 굳이 영영사전도 같이 찾는 이유도 말씀드릴게요. 단어의 뉘앙스를 파악하려면 영영사전이 더 유리하기 때문입니다. 영한사전은 사실 뜻을 풀이한다기보다는 우리말에서 대응하는 단어를 나열하는 경우가 많아요. 반면에 영영사전은 우리가 보는 국어사전처럼 단어가 어떤 의미인지 상세하게 설명해주죠. 예를 들어 'frustrated'라는 단어를 보죠. 영한사전에는 '좌절한, 실망한' 등으로 간결하게 해석되어 있습니다. 그런데《뉴옥스퍼드 어메리컨 딕셔너리》를 보면은요, "feeling or expressing distress and annoyance, especially because of inability to change or achieve something(괴로움과 짜증을 느끼거나 표현하는 것, 특히 어떤 것을 바꾸거나 이루지 못할 때)"라고 풀이되어 있어요. 이 뜻을 알면 꼭 좌절했다고 하지 않고 답답하다고 해석할 수도 있는 거죠. 실제로《고려대한국어대사전》에서 '답답하다'를 찾아보면 "(사람이나 그 마음이) 어떤 일이 뜻대로 되지 않거나 후련하지 않아 애가 타고 안타깝다"라고 풀이되어 있어요. 어때요, 비슷하죠?

말이 나왔으니 말인데 'frustrated'는 우리가 학창 시절에 많이 봐서 친숙한 단어죠. 사실 우리가 워낙 잘 알다 보니 사전을 찾지 않아도 뜻을 아는 단어가 많아요. 그런데 여기에 함정이 있어요. 내가 당연히 아는 단어인 줄 알았는데 아닐 때가 있거든요. 테스트 한번 해볼까요? 'aerobic'이 무슨 뜻이게요? 쫄쫄이 입고 격렬하게 몸을 움직이는 에어로빅을 생각하셨으면, 땡! 그건 'aerobics'고 'aerobic'은 달리기, 수영 같은 유산소 운동이에요. 'cider'는요? 우리가 마시는 사이다가 아니고 사과주(영국), 사과주스(미국)입니다. 아는 단어라고 사전을 찾지 않으면 오역하기 딱 좋죠?

국어사전을 찾는 이유도 이와 비슷합니다. 내가 아는 뜻이 정확한지 확인하는 거죠. 가령 '뻔질나다'라는 표현이 '뻔질나게 전화하다'라는 형태로도 쓸 수 있는지 아리송하다면 사전을 찾아봐야죠. 《표준국어대사전》을 보니까 "드나드는 것이 매우 잦다"라고 나와 있네요. 그러면 어딘가에 오고 갈 때만 쓸 수 있다는 거니까 전화를 걸 때는 어울리지 않는다는 것을 알 수 있죠.

여기에 더해서 분명히 적당한 단어가 있는데 생각나지 않을 때도 국어사전의 도움을 받습니다. 네이버 국어사전의 뜻풀이 검색 기능을 이용하는 겁니다. 예를 들어 도리에 어긋난 흉악한 짓을 한마디로 표현할 수 있을 것 같은데 머릿속에서 뭔가가 맴돌기만 하고 확 잡히지 않는다면 '흉악하다'로 검색해봅니다. 그러고 나서 검색어 입력 칸 바로 밑에 있는 [전체] [단어] [속담·관용구] [뜻풀이] [예문] [맞춤법·표기법]이라는 탭 중에서 [뜻풀이]를 선택해요. 그러면 뜻풀이에 '흉악하다'라는 말이 들어간 단어가 좍 나타납니다. 페이지를 넘기다 보니까 '패악질'이란 말이 있네요? (옳지, 이거야!)

네이버 국어사전은 이 외에도 다른 유익한 기능이 있어요. 일단 각 단어의 유의어를 보여줍니다. 다양한 어휘를 쓰고 싶을 때나 상황에 더 잘 어울리는 단어가 있는지 찾을 때 요긴하죠. 혹시 더 많은 유의어를 보고 싶으면 낱말(natmal.com)을 이용하면 됩니다. 그리고 네이버 국어사전은 와일드카드 검색과 초성 검색을 지원합니다. 와일드카드 검색이란 검색어에 물음표(?)나 별표(*)를 넣어서 특정한 패턴을 검색하는 기능이에요. 물음표(?)는 그 자리에 어떤 문자든 한 자가 들어가도 좋다는 의미입니다. 예를 들어 '?바람'으로 검색하면 비바람, 늦바람, 날바람 같은 단어가 결과로 나와요. 별표(*)는 그 자리에 몇 개의 문자가(0개 포함) 들어가도 된다는 겁니다. '바람*'이라고 치면 바람, 바람직하다, 바람받이, 바람질 등등 바람으로 시작하는 모든 단어가 나오죠. 초성 검색은 'ㅂㄹ'으로 검색하면 바람, 벌레, 보람 등을 보여주는 기능이에요. 이 기능은 특히 말장난이나 시를 번역하기 위해 발음이 비슷한 단어를 찾을 때 유용합니다. 또는 위의 예에서 다양한 종류의 바람을 나열한 것처럼 어떤 범주에 속하는 단어들을 찾을 때도 좋고요.

참, 검색 기능을 이야기하다 보니 영어사전을 말하면서 깜빡한 게 있네요. 네이버에 여러 영어사전이 존재하지만 그 사전을 다 찾아도 뜻이 정확히 이해되지 않을 때가 있습니다. 특히 숙어는 검색이 잘 안 되는 경우가 많죠. 이럴 때는 어떻게 할까요? 제가 열 번째 습관에서 번역가들이 추앙하는 신이 있다고 했죠? 네, 구글 신입니다. 네이버 사전을 찾아도 잘 이해가 안 되는 단어나 숙어가 있을 때는 구글에서 검색하면 됩니다. 그러면《메리엄-웹스터(Merriam-Webster)》,《케임브리지 딕셔너리(Cambridge Dictionary)》,《더 프리 딕셔너리(The Free Dictionary)》,《어번 딕셔너리(Urban Dictionary)》같은 영영사전에 실린 뜻을 볼 수 있어요. 이 중에서《어번 딕셔너리》는 비속어를 전문으로 다루는 사전이라서 점잖은(?) 사전에는 없는 뜻을 볼 수도 있어요.

자, 정리해보죠. 저는 단어의 정확한 의미를 이해하고 상황에 적합한 표현을 찾기 위해 이렇게 사전을 이용합니다.

1. 모르는 단어뿐만 아니라 아는 단어도 사전을 찾습니다.
2. 네이버 사전을 이용해 다양한 사전을 검색합니다.
3. 단어의 정확한 뉘앙스를 파악하기 위해 영영사전을 이용합니다.
4. 국어사전의 검색 기능을 최대한 활용해 좋은 표현을 찾습니다.

이렇게 적고 보니 인터넷이 없었을 때는 어떻게 번역했을까 싶네요. 다시금 그 시절의 선배 번역가들에게 존경심을 느낍니다. 하지만 그때는 그때고 지금은 지금이니까 선배들 수준으로 어휘력을 기르기 위해 노력하는 한편, 우리에게 주어진 기술도 잘 활용해서 번역의 완성도를 높여야겠죠. 그래서 오늘의 팁은 온라인 사전을 더 효율적으로 쓸 수 있도록 PC에 사전 검색을 단축키로 지정하는 요령입니다.

Tip

단축키로 사전을 바로 열 수 있으면 효율이 부쩍 향상됩니다. 자주 사용하는 앱에도 단축키를 지정해 두면 좋습니다. 제 경우에는 이렇게 설정되어 있습니다.

Alt + , : 네이버 영어사전

Alt + . : 네이버 국어사전

Alt + / : 낱말 유의어사전

Alt + J : 맥 내장 사전

Alt + V : 스크리브너 (문서 편집기)

Alt + C : 크롬 브라우저

윈도우에서 (윈도우10 기준) 단축키 설정법

준비물: 크롬 브라우저(https://www.google.com/intl/ko/chrome, 무료)

1단계

1. 크롬에서 온라인 사전 사이트에 접속합니다. 여기서는 네이버 영어사전(https://en.dict.naver.com)을 예로 들겠습니다.

2. 주소 막대 오른쪽에 있는 점 세 개를 클릭해서 메뉴를 엽니다.

3. [도구 더보기] – [바로가기 만들기]를 클릭합니다.

4. 앱의 제목으로 쓸 문구를 입력합니다.

5. [창으로 열기]를 체크합니다.

6. [만들기]를 누르면 네이버 영어사전이 새 창으로 열리고 바탕화면
   에 4번에서 입력한 이름으로 아이콘이 생성됩니다.

7. 창을 닫습니다. (닫지 않고 2단계를 진행하면 오류가 발생합니다.)

2단계

8. 윈도우10은 기본적으로 Win키(키보드의 창문 모양 키)와 숫자의 조
   합으로 작업 표시줄에 있는 앱을 활성화할 수 있습니다. (예를 들어
   Win + 3을 누르면 작업 표시줄에 있는 3번째 앱이 활성화됩니다.)

9. 바탕화면에서 방금 만든 아이콘을 클릭해 사전을 실행합니다.

10. 작업 표시줄에서 사전 아이콘을 우클릭합니다.

11. [작업 표시줄에 고정]을 클릭합니다.

이렇게 하면 해당 앱이 항상 작업 표시줄에 표시됩니다. 그러면
필요할 때마다 그 순번에 맞는 키를 눌러 활성화할 수 있습니다.
가령 7번째 아이콘이라면 Win + 7을 누르면 되겠죠. 아이콘 위치
를 1번이나 2번으로 옮겨도 좋습니다. 같은 방법으로 자주 사용
하는 앱도 작업 표시줄에 고정해 놓으면 편리하게 이용할 수 있습
니다.

맥에서 단축키 설정법

준비물: 플루이드(https://fluidapp.com, 무료.) 플루이드는 웹사이트를 독립된 앱으로 만들어줍니다.

1단계

1. 플루이드를 실행합니다.

2. [URL]에 사전 사이트 URL을 입력합니다.

3. [Name]에 앱의 이름으로 쓸 문구를 입력합니다.

4. [Create]를 클릭합니다.

5. 데스크톱에 3번에서 입력한 이름으로 앱 아이콘이 생성됩니다.

2단계

6. 방금 생성된 앱을 실행합니다.

7. Command + , 로 설정 창을 엽니다.

8. [General] 탭의 [Global shortcut]에 원하는 단축키를 입력합니다.

   (이때 키보드 입력 언어가 영어로 설정되어 있어야 합니다.)

그밖에 자주 쓰는 앱에 단축키를 지정하고 싶다면 앱 스토어에 있는 핫키 앱(HotKey App, 무료)을 이용하면 됩니다.

14

마감을 잘 지키는 방법

"담낭염입니다. 절제하셔야 해요."

일요일 새벽에 누가 명치 언저리를 꽉 쥐고 비트는 것처럼 아파서 잠이 깼습니다. 이전에도 가끔 아팠지만 시간이 지나면 가라앉았는데 그날은 전혀 진정될 기미가 없어서 택시를 타고 응급실에 갔어요. 그저 주사나 한 대 놔주고 돌려보내 줄 줄 알았는데 웬걸, 담낭을 떼야 한대요! 아니, 이게 무슨 마른 하늘에 날벼락입니까. 하루아침에 쓸개 빠진 인간이 되라니요. 하지만 살려면 그 방법밖에 없다는데 별수 있나요. 바로 입원해서 수술받고 퇴원하기까지 보름쯤 걸렸습니다. 보통은 며칠 만에 끝나는데 저는 어쩌다 보니 남들보다 배로 시간이 걸렸어요.

번역이요? 당연히 밀렸죠. 하루 이틀도 아니고 보름을 예정에도 없이 쉬었으니까요. 도저히 마감에 맞출 수가 없겠더라고요. 그래서 입원해 있는 동안 출판사에 사정을 말하고 보름만 일정을 늦춰 주십사 양해를 구했습니다. 다행히 출판사에서 흔쾌히 승낙해줘서 마음 편히 수술 잘 받고 마감도 잘 지켰죠.

이게 제가 지난 10여 년간 번역가로 살면서 유일하게 마감을 어긴 경험, 이라고 하면 좋겠지만 유감스럽게도 한 번 더 있습니다. 핑계 없는 무덤이 없다니까 또 핑계를 대보자면, 그때는 처음에 번역 원서를 가편집 상태의 PDF 파일로 받았어요. 그러다 번역 일정의 중반쯤 왔을 때 정식 편집본(역시 PDF 파일)을 받았는데, 세상에, 분량이 100쪽쯤 늘어난 겁니다. 실제로 텍스트양이 늘어난 건 아닌데 출판용 규격에 맞게 편집하니까 쪽수가 늘어난 거였죠. 번역 일정을 잡을 때 쪽당 글자 수를 제대로 보지 않고 전체 분량만 보고서 번역 기간을 산정

했는데 성식 편집본을 보니 제가 일정을 너무 촉박하게 잡은 거였어요. 아무튼 마감일 안에 번역하는 것은 도저히 무리일 것 같았어요. 그래서 부랴부랴 출판사에 연락했죠. 이러저러해서 도저히 일정에 맞출 수 없을 것 같으니 일단 마감일에는 본문 원고만 보내고 주석 부분은 그 이후에 보내드리면 안 되겠냐고 정중히 물었어요. 저와는 처음으로 작업하는 출판사였고 중간에 일주일 휴가까지 갔다 온다고 당당히 말하고 놀다 오기까지 했는데, 막판에 가서 그런 말을 하게 되니 얼마나 송구스럽던지요. 다행히 이번에도 출판사에서 너그럽게 허락해줬습니다. 남은 기간 정말 밥 먹고 잠자는 시간만 빼고 일을 했어요. 아, 매일 한 시간씩 운동도 했네요. 살려고요. 운동을 빼먹으면 자꾸 잠이 오고 기력이 달려서 못 버티겠더라고요. 그렇게 고생한 끝에 마감일에 맞춰 본문 원고를 다 완성해서 넘기고 주석 원고도 며칠 안으로 보냈습니다.

이렇게 저는 지금까지 두 번 마감을 어겼습니다. 모두 제 잘못이죠. 건강 관리를 못 하고 분량 관리 못 했으니까요. 그래도 미리 출판사에 말해서 일정을 조절했으니 사고는 터지지 않았어요. 그렇게 보면 마감을 두 번 어겼다기보다는 두 번 연장했다고 말하는 게 더 정확하겠네요. 표현이야 어떻든 간에 마감 때문에 문제가 생긴 경험을 이야기하고서 이런 말 하기 그렇지만, 저는 마감을 꽤 잘 지키는 편입니다. 10년 넘게 일하면서 두 번이면 사람이 하는 일이니까 그 정도는 뭐 이해해 줄 수 있는 것 아닐까요? 이해해주신다고 치고 계속 이야기 이어 가보겠습니다. 제가 마감을 지키는 비결은 간단합니다.

첫째, 일정을 넉넉히 받는다. 둘째, 일주일 전에 미리 끝내는 것을 목표로 한다. 셋째, 백업을 잘한다.

일정을 얼마나 받길래 넉넉하다고 말하냐고요? 보통 책 한 권에 석 달쯤 받습니다. 출판사에서 맡기는 책이 모두 일정이 촉박하진 않아요. 제가 얼마 전에 끝낸 책만 해도 마감은 2019년 중순이었지만 출간은 2020년 상반기로 예정되어 있습니다. 이런 책이라면 출판사에서도 번역가에게 시간을 많이 줄 수 있죠. 그래서 저는 출판사에서 꼭 두 달 안에 끝내 달라는 책이 아니라면 작업 기간을 여유 있게 받습니다.

그리고 무리하게 일정을 잡지 않아요. 저는 한 달에 원서 기준으로 평균 120~130쪽을 작업한다고 생각하고 일정을 잡습니다. 적정 번역량은 사람마다 다를 거예요. 저는 하루에 6~8쪽 정도 번역한다고 보고 한 달에 20일을 일한다고 쳤을 때 이틀은 검토용으로 빼고 18일을 일한다고 해서 한 달에 그 정도 분량이면 알맞다고 생각합니다. 300쪽짜리의 책을 번역하려면 두 달이 조금 넘는 기간이 필요하죠. 그래서 출판사에도 최소한 그 정도 시간은 줄 것을 말씀드립니다. 그렇게 일정을 받은 후에는 마감일 일주일 전에 끝낸다는 생각으로 작업을 합니다. 그동안 일하면서 몸에 익은 속도감이 있어서 매일까지는 아니어도 주기적으로 남은 분량을 점검해요. 그래서 목표한 날짜가 임박했다고 생각하면 번역 속도를 더 내기도 합니다. 어떻게 속도를 내냐고요? 별수 있나요, 하루에 작업하는 양을 늘리는 수밖에요.

이렇게 일주일 빨리 끝내겠다는 계획을 세우면 중간에 예기치 못한 일이 생겨서 작업을 며칠 못 한다 해도 마감일을 지킬 수 있습니다. 딱 마감일에 맞춰서 끝낼 생각으로 일하면 하루만 허탕 쳐도 수습하려면 고생깨나 해야 하죠. 그런데 일정을 넉넉히 받고도, 또 일찍 끝낸다는 목표로 속도를 내도 마감일까지 가는 길에는 또 다른 복병이 하나 숨어 있습니다. 바로 실수로든 오류로든 작업 원고가 날아가는 거예요. 파일이 못 쓰게 될 수도 있고 나중에 확인해 보니 어떤 부분이 통째로 사라져 있기도 합니다. 이런 일을 방지하려면 백업을 꼼꼼히 해야 해요.

저는 작업 단계별로 파일을 만들고 컴퓨터 말고 다른 곳에도 파일을 보관합니다. 먼저 단계별로 파일을 만든다는 말은 제가 아홉 번째 습관에서 검토를 세 번씩 한다고 말씀드렸잖아요, 그때마다 파일을 따로 저장한다는 거죠. 저는 초벌 번역 파일, 1~3차 검토 파일이 모두 따로 존재합니다. 그것도 챕터별로 저장해요. 1장.1차검토.hwp, 1장.2차검토.hwp, 이런식으로요. 혹시 번역 원고에 문제가 생겨서 다시 작업한다고 해도 재작업 분량을 최소화할 수 있도록요. 그리고 파일을 하드디스크에만 보관해 두면 문제가 발생했을 때 복구하기가 어렵잖아요. 통장 하나에 전 재산을 넣어두면 통장에 문제가 생겼을 때 빈털터리가 되는 것과 마찬가지죠. 그래서 요즘은 하드디스크뿐만 아니라 여러 곳에 자료를 저장해요. 다음과 같은 방식으로 모든 파일을 백업하고 있어요.

①드롭박스: 유명한 클라우드 서비스죠. 지정된 폴더가 모두 외부 서버에 저장됩니다.

②지메일: 챕터·단계별로 파일이 완성될 때마다 모두 제 지메일 계정에 첨부파일로 보냅니다.

③네이버 클라우드: 네이버에서 공짜로 주는데 놀리면 아깝잖아요?

④타임머신: 맥에서 제공하는 자동 백업 기능입니다.

백업을 좀 많이 하죠? 제가 약간 보안 강박 같은 게 있어서요. 그래도 이렇게 4중으로 백업해 놓으면 속이 든든합니다. 모두 별개의 시스템이기 때문에 어디 한두 군데에서 문제가 터져도 나머지는 멀쩡해요. 한때 랜섬웨어 때문에 말이 많았잖아요? 그때도 저는 별로 걱정이 없었습니다. 망가지면 복구하면 그만이니까요.

자, 정리해보죠. 저는 마감일을 지키기 위해 이렇게 합니다.

1. 애초에 번역 일정을 여유 있게 잡는다.
2. 마감일보다 일주일 일찍 끝낸다는 목표로 작업 속도를 조절한다.
3. 만일의 사태에 대비해 작업 파일을 여러 곳에 백업한다.

번역가는 마감이 생명입니다. 내가 마감일을 어기면 출판에 차질이 생겨요. 출판사는 마감일에 번역 원고를 받아서 언제까지 작업하고 언제 책을 낸다는 일정이 정해져 있어요. 그런데 원고가 제때 넘어오지 않으면 편집 작업을 촉박하게 하거나 출간 일정을 미뤄야 하죠. 그런 상황을 좋아할 편집자는 아무도 없습니다. 그렇게 약속을 안 지켜서 일을 망치는 번역가에게 굳이 또 일을 맡길 편집자도 없고요. 물론 마감은 좀 못 지켜도 실력이나 인지도가 엄청난 번역가라면 또 이야기가 달라지겠지만, 저는 아직 그 경지에 못 올랐습니다. 저를 대체할 번역가는 얼마든지 있어요. 그러니까 일이 끊기지 않으려면 마감은 필사적으로 지켜야 합니다. 그게 제가 이 바닥에서 10년 넘게 버티고 있는 비결 중 하나에요.

Tip

번역 작업물을 하드디스크에만 저장하는 분도 계실 텐데요, 저는 드롭박스 이용을 권합니다. 드롭박스는 본문에서 말했다시피 지정된 폴더가 외부 서버에 저장돼요. 그리고 드롭박스에 연결된 모든 컴퓨터에서 해당 폴더가 동일하게 유지됩니다. 동기화라고 하죠. 이 동기화 덕분에 데스크톱에서 작업하다가 굳이 파일을 복사해서 옮길 필요 없이 바로 노트북에서 작업을 이어갈 수 있어요. 그리고 변경 내역 기록 기능이 있어서 파일이 변경될 때마다 백업본이 생성되어 30일간 유지됩니다. 혹시 파일에 문제가 생겼더라도 이전 상태로 손쉽게 되돌릴 수 있죠.

저는 종종 카페에 가서 일하는데 드롭박스에 파일이 저장되어 있으니까 별도의 작업 없이 노트북만 챙겨서 나가요. 그리고 요즘 육아 때문에 정신이 없다 보니까 마감일인 것을 깜빡하고 외출할 때가 있는데요, 이럴 때도 밖에서 핸드폰으로 드롭박스에 저장된 파일을 메일로 보낼 수 있어서 몇 번 위기를 넘겼어요.

드롭박스 외에 마이크로소프트 원드라이브, 구글 드라이브, 애플 아이클라우드 같은 클라우드 서비스도 있습니다.

15

입에 착 붙는
최신 표현을 익히는 방법

"제가 음악, 미술 쪽으로는 문외한이라
아무래도 어렵겠습니다."

제가 감히 출판사의 번역 의뢰를 거절하면서 한 말입니다. 차후에 이야기할 테지만 저는 일정과 번역료만 맞으면 웬만해서는 의뢰를 거절하지 않는 편인데요, 이 책은 그럼에도 고사할 수밖에 없었습니다. 음악과 미술에 관한 내용이 많이 나오는데 제가 그쪽으로는 아는 게 별로 없었거든요. 그러니까 책을 맡았다가 고생할 게 눈에 선했어요. 뭘 알아야 번역을 하지 않겠어요? 괜히 멋도 모르고 번역했다가 오역이 생길 위험성도 컸고요. 그래서 정중히 사양했습니다.

이래서 번역가는 아는 게 많아야 합니다. 잡지식이 풍부해야 해요. 그래야 어떤 책이 들어오든 번역할 수 있어요. 지식이 한정되어 있으면 번역할 수 있는 책도 한정될 수밖에 없습니다. 《지적 대화를 위한 넓고 얕은 지식》이란 책이 한동안 베스트셀러였잖아요? 번역가에게 필요한 지식이 딱 그렇습니다. 얄팍할지언정 넓게 알아야 해요. 일단 얕게라도 알면 깊은 지식은 필요할 때마다 파고들면 되거든요. 얕은 지식마저도 없으면 어디를 어떻게 파야 하는지조차 모릅니다.

최근에 출간된 제 역서를 보실까요?

《시작하기엔 너무 늦지 않았을까?》(불안증 환자의 달리기 체험기)

《한 단어의 힘》(성공으로 이끄는 한 단어 찾기)

《7일, 168시간》(효율적인 시간 관리법)

《신뢰수업》(전직 FBI 수사관이 알려주는 신뢰 관계 형성법)

《직장이 없는 시대가 온다》(비정규 임시직이 확산되는 세태에 대한 분석서)

《우리 대 그들》(갈등을 이용하는 정치 세력에 대한 비판서)

여기에 더해 아직 출간은 안 됐지만 최근에는 뇌과학을 접목한 마케팅서와 실리콘밸리 기업의 관리자가 쓴 팀장 지침서를 번역했습니다. 보다시피 뭐라고 한마디로 정의할 수 있는 전문 분야 없이 잡다하게 번역했네요. 처음에는 전공(영문학과 경영학)을 살려 경제경영서 위주로 번역하다가 점차 영역을 넓혔어요. 이렇게 문어발식 번역을 하는 게 지금까지 이 일을 할 수 있는 비결 중 하나라고 생각해요.

물론 번역가에게 전문 분야가 있는 건 좋습니다. 실력을 인정받는다면 그 방면의 책은 확실히 잡을 수 있을 테니까요. 하지만 어느 한 분야의 책만 번역해서는 꾸준히 의뢰를 받을 수 있다는 보장이 없습니다. 저처럼 이것저것 다 받아서 번역해도 종종 일감이 없어서 본의 아니게 쉬어야 하는 게 프리랜서 번역가의 현실이거든요. 그러니까 번역가는 잡지식이 많아야 합니다. 그러면 잡지식은 어떻게 늘리느냐? 간단해요. 많이 읽으면 됩니다. 저는 매일 책을 읽고 뉴스를 읽고 커뮤니티를 읽습니다. 책, 뉴스, 커뮤니티? 네, 맞습니다. 인터넷 커뮤니티를 말하는 거예요. 아니, 커뮤니티 눈팅하는 게 시간 낭비지 무슨 도움이 되냐고요? 도움이 됩니다. 아주 많이 돼요.

인터넷 커뮤니티야말로 잡지식의 보고예요. 수많은 사람

이 수많은 이야기를 하잖아요. 날마다 적어도 수십 개, 많으면 수백, 수천 개의 글이 올라오고요. 거기서 한 조각씩 얻는 정보가 모여서 머릿속에 방대한 지식의 모자이크가 만들어져요.

저는 모 IT 커뮤니티를 하루에도 몇 번씩 들어가는데요, IT 커뮤니티라고 IT 이야기만 하진 않아요. 세상 사는 이야기, 나라 돌아가는 이야기, 책, 영화, 방송 이야기 등등 오만 가지 주제로 글이 올라오고 인터넷에서 유행하는 유머나 짤방도 많이 올라옵니다. 그게 다 번역하는 데 보탬이 되죠. 제가 최근에 실리콘밸리의 관리자가 쓴 팀장 입문서를 번역했다고 말씀드렸는데요, 평소 이 커뮤니티를 비롯해 곳곳에서 실리콘밸리의 동향과 사정을 접한 게 번역의 밑거름이 됐어요. 기본적으로 실리콘밸리가 어떤 곳이고 거기 있는 회사들이 어떻게 굴러가는지 어느 정돈 알고 있으니까요. 물론 그래봤자 제가 실리콘밸리에서 살아본 것도 아니고 어디까지나 피상적인 지식에 불과합니다만. 그래서 실리콘밸리 사람들의 생생한 목소리를 듣기 위해《실리콘밸리의 팀장들》,《실리콘밸리를 그리다》라는 책도 읽었어요. 그리고 제가 대학 졸업하고 바로 번역가가 돼서 어디 회사 생활을 해봤나요. 그래서 회사가 어떤 곳이고 관리자가 어떤 일을 하는지 더 깊이 알기 위해《어서 와, 리더는 처음이지?》,《투루 언니의 직장생활 생존기》,《오늘의 인사총무, 맑음》,《여자 팀장의 성공 코드》,《도와주세요! 팀장이 됐어요》,《승진의 정석》등도 읽었어요. 거기에 더해 저자가 책에서 여러 번 언급하고 큰 영향을 받은 게 분명한《하이 아웃풋 매니지먼트》도 읽었고요.

이렇게 뭐가 됐든 많이 읽으면 지식을 습득하는 것 외에 또 다른 이점이 있습니다. 바로 쓸 만한 어휘도 많이 얻을 수 있다는 거죠. 똑같은 문장을 번역해도 어떤 표현을 쓰느냐에 따라 읽는 맛이 달라져요. 예를 들어 제가 번역한《마이크로트렌드X》에 이런 문장이 나와요.

"As West Virginia went from <u>one of the most Democratic states</u> to <u>a Republican state</u> during this period, California swung heavily from <u>a toss-up state</u> that elected Ronald Reagan and Arnold Schwarzenegger to one of the most Democratic states."

밑줄 친 부분을 어떻게 번역하면 좋을까요? 민주당 지지세가 가장 강한 주, 공화당 주, 반반인 주, 이렇게 번역해도 틀

리진 않지만 좀 밋밋한 느낌이 없잖아 있잖아요. 기왕이면 우리 입에 착 붙는 말을 써주면 좋겠죠. 그래서 저는 다음과 같이 번역했어요.

　　"같은 시기에 웨스트버지니아주는 민주당 초강세 지역에서 공화당 표밭으로 돌아선 반면, 캘리포니아주는 본래 공화당의 로널드 레이건과 아놀드 슈워제네거가 주지사로 선출된 전력이 있고 공화당과 민주당이 엎치락뒤치락하던 주에서 민주당 초강세 지역으로 선회했다."

　　모두 우리 언론에서 선거철에 많이 쓰는 표현이죠. 그래서 자연스럽게 읽힙니다. 이런 자연스러운 표현이 바로 번역가의 무기에요. 우리는 번역문이 한국어로 얼마나 자연스럽게 읽히느냐로 승부를 보는 사람들이니까요. 물론 원문의 뜻을 그대로 살린다는 게 전제돼야겠지만요.
　　말이 나온 김에 예시 하나만 더 들어볼게요. 《시작하기엔 너무 늦지 않았을까》에서 발췌한 문장입니다.

　　"(전략) grateful we don't have to toil in fields all day,

and that we instead get to surf Facebook in a heated of-
fice <u>while we're meant to be working.</u>"

밑줄 친 문장을 있는 그대로 옮기면 '우리가 일하기로 되어 있는 동안에'가 됩니다. 나쁘진 않아요. 그런데 이 문장을 보는 순간 이거다 하고 떠오르는 표현이 있어요. 커뮤니티 질 좀 하는 분들은 아마 그 짤방 기억하실 거예요. 아버지가 "하라는 공부는 안 하고!!"라며 아들의 뺨을 때리는 만화 컷이요. 저는 저 문장을 보는 순간 그 짤방이 생각났어요. 그래서 이렇게 번역했죠.

"종일 밖에서 힘들게 몸을 쓰지 않고 뜨뜻한 사무실에서 <u>하라는 일은 안 하고</u> 페이스북을 누빌 수 있어서 다행이라고 생각한다."

어때요? 좀 더 나쁜 짓 하는 느낌이 살지 않나요? 좀 더 생생하지 않나요? 실제로 커뮤니티에서는 실생활에서 자주 쓰는 날 것 같은 표현을 많이 접할 수 있어요. 문장이 한 번 걸러지고 정제되는 책과 뉴스만 읽지 않고 커뮤니티도 읽어야 할 이유죠. 그리고 무엇이든 읽다가 눈에 띄는 표현이 있으면 나중에 참고할 수 있도록 기록해두는 게 좋아요. 제가 최근에 메모한 문장 몇 개를 보여드릴게요.

① 내가 뭐 억만금을 받는 것도 아니고!

② 이제 어디에 마음을 붙이고 일하나.

우리가 실생활에서 쓰는 생생한 표현입니다. 이런 표현을 쓰면 번역문이 한결 자연스럽게 읽히죠.

③ 피의자의 행적을 조사하다.

④ 오늘 개찰하는 관리 업체 입찰 건은 무효입니다.

피의자, 행적, 개찰 같은 전문용어는 알아두면 분명히 쓸 곳이 생깁니다.

⑤ 네, 맞는 말이에요, 처맞는 말.

⑥ 감동적인데 육수 좀 흘려도 돼요?

저는 특히 이런 말장난을 주의 깊게 봐요. 번역을 하다 보면 말장난을 번역하는 게 굉장히 어려운 일인데요, 이렇게 우리말의 묘미를 잘 살린 표현을 수집해두면 설령 그대로 갖다 쓰진 못하더라도 언어 감각을 기르는 데 좋습니다. 내가 알고 있는 표현을 더 창의적으로 활용하는 기반이 돼요. 그게 읽을 맛 나는 문장으로 독자를 즐겁게 하는 길이고요.

자, 정리해보죠. 저는 다양한 지식과 좋은 표현을 습득하기 위해 이렇게 합니다.

1. 매일 책, 기사, 커뮤니티 글을 꾸준히 읽는다.
2. 번역하는 책과 관련된 책을 읽는다.
3. 좋은 표현을 다시 볼 수 있게 기록해둔다.

어떻게 보면 번역은 지식과 어휘력의 싸움입니다. 박학다식한 언어의 마술사가 이기는 게임이죠. 제가 그런 경지에 이르렀다는 말은 아닙니다. 하지만 매일 그곳을 향해 나아가고 있어요. 다행히 그 방법은 어렵지 않습니다. 그저 꾸준히 읽으면 돼요. 어차피 우린 번역가든 번역가 지망생이든 읽는 거야 이골이 난 사람들이잖아요?

　그런데 읽는 것 말고도 어휘력을 향상하는 법이 또 하나 있어요. 그건 다음 편에서 이야기할게요.

Tip

주제별로 대표적인 커뮤니티를 정리해봤습니다. 사실상 모두 종합 커뮤니티이기 때문에 자유게시판에 들어가면 온갖 주제의 글을 접할 수 있습니다.

IT: 클리앙, 쿨엔조이
게임: 루리웹, 인벤
자동차: 보배드림
사진: SLR클럽
스포츠: MLB파크, NBA매니아
여성: 82쿡
연예: 더쿠, 인스티즈
영화: 익스트림무비
유머: 오늘의유머, 웃긴대학
할인: 뽐뿌

텔레비전은
언어의 보물상자

"텔레비전은 바보상자다."

어릴 때부터 많이 들었던 말이죠? 멍하니 텔레비전만 들여다보고 있으면 바보가 되니까 그 시간에 영어 단어 하나라도 더 외우라는 조언 내지는 질타입니다. 하지만 생전에 저희 할머니는 이렇게 말씀하셨어요.

"텔레비전 안에 세상이 있어."

저는 할머니 말씀에 동의합니다. 텔레비전도 쓰기에 따라 얼마든지 유익할 수 있어요. 이건 제가 텔레비전으로 대표되는 영상물을 사랑하는 사람이라서 하는 말인지도 모르겠습니다.

예, 저는 방송, 영화, 게임을 무척 좋아해요. 거실에 있는 65인치 텔레비전을 볼 때마다 뿌듯하고, 영화는 혼자서도 보러 다니고, 집에 게임기만 두 대입니다. 그리고 저는 이런 영상물에서 세상 사람들이 쓰는 다채로운 표현을 배웁니다. 영상 매체가 활자 매체와 다른 점은 입말, 그러니까 우리가 평소에 대화할 때 쓰는 말이 중심이 된다는 겁니다. 책은 글말을 많이 쓰죠. 격식 있고 정제된 표현이 많이 나와요. 가령, 이 '가령'이란 말만 해도 주로 글에서만 쓰는 말이죠. 평소 대화에서는 잘 쓰진 않잖아요? 글말이 나쁘다는 건 아니에요. 하지만 너무 글말만 쓰면 글이 재미가 없어지고 생기가 떨어져요. 입말을 적재적소에 넣어줘야 읽는 맛이 삽니다. 예를 들어 'even'을 무조건 '심지어'라고만 옮기지 말고 '한술 더 떠서', '심하면'처럼 평소 대화할 때 쓰는 말로도 번역하면 글이 더 살아 있는 느낌이 납니다.

그렇게 우리 입에 착 붙는 표현을 저는 주로 TV 예능 프로그램에서 건져요. 예능 선배들이 후배들에게 하는 말이 "말할 차례를 기다리지 말라"는 겁니다. 내 차례가 올 때까지 기다리면 영영 말을 못 하니 앞뒤 재지 말고 일단 치고 들어오란 거죠. 그러자면 말을 다듬고 정리할 시간이 없어요. 그냥 생각나는 대로 내뱉어야 해요. 그러니 예능에서는 걸러지지 않고 날 것 같은 표현이 툭툭 튀어나옵니다. 그래서 예능을 보다 보면 책만 읽어서는 기를 수 없는 언어 감각이 길러지죠.

거기다 예능은 온갖 말장난이 난무하잖아요. 다른 사람들이 어떻게 말을 갖고 노는지 보면 어떤 단어와 어떤 단어를 조합했을 때 이색적인 느낌이 들고, 어떤 단어와 어떤 단어가 서로 발음이 비슷하고, 어떤 단어를 어떻게 바꾸면 미묘하게 의미가 달라지는지, 어휘를 자유롭게 활용할 수 있는 지식이 쌓입니다.

실제로 예능을 즐겨 보는 게 번역에 도움이 된 예를 이야기해볼게요. 《마이크로트렌드X》의 첫 꼭지 제목이자 주제가 'second-fiddle husbands'입니다. 부인보다 경제력이 떨어지거나 부인에게 생계를 의존해 사는 남편을 가리키는 말이에요. 어떻게 번역하면 좋을까요? 직역하자면 '제2 바이올린 연주자 남편'입니다. 재미도 없고 의미도 잘 안 살죠? 의역을 좀 하면 '조연 남편' 정도가 되겠는데 좀 심심하네요. 도대체 어떤 표현을 써야 피부에 확 와 닿을까요? 한참 고민하던 중에 문득 코미디언 박명수 씨가 생각났어요. 제가 한때 〈무한도전〉 마니아였거든요. 매주 챙겨보고 프로레슬링 특집 때는 실제로 장충체육관에 가서 경기도 보고 왔죠. 〈무한도전〉에서 박명수 씨가 맨날 하던 말 기억나세요? 본인이 팀 내 '2인자'라고. 그래서 저는 'second-fiddle husbands'를 '2인자 남편'이라고 번역했습니다. 딱 제가 원하는 느낌이었어요. 2인자와 남편의 조합이 이색적이면서 의미도 확실히 살릴 수 있었습니다. 사전만 붙들고 있었다면 절대로 찾을 수 없었을 거예요.

하나만 더 예를 들어볼게요. 《시작하기엔 너무 늦지 않았을까?》에 나오는 문장입니다. 여러분은 밑줄 친 부분을 어떻게 번역하시겠어요?

"Sometimes, when you are at the end of your tether, it can only take one thing to make a difference. When you're so low, even a small change can provide a glimpse of hope."

저는 이렇게 번역했습니다.

"갈 데까지 갔다고 느낄 때 뭔가 새로운 것 하나만으로 상황이 달라지기도 한다. 도저히 못 해 먹겠다 싶을 때 작은 변화에서 희망의 빛줄기를 발견할 수 있다."

역시 예능에서 많이 나오는 표현이죠? 저는 방송을 볼 때 항상 출연자들이 쓰는 말에 주의를 기울입니다. 그리고 제가 평소에 글을 쓸 때 잘 사용하지 않는 표현이 나오면 따로 기록해둬요.

저는 방송 프로 외에 영화와 게임도 좋아해요. 이 둘은 방송 프로에 없는 장점이 있습니다. 바로 원문과 번역문을 동시에 접할 수 있다는 거죠. 원문을 귀로 들으면서 번역문을 자막으로 읽을 수 있으니까요. 이게 번역 공부에 큰 도움이 됩니다. 다른 번역가는 어떤 단어를 어떻게 번역했는지 보고 배울 수 있잖아요.

제가 10년쯤 전에 본 영화가 있어요. 〈모범 시민〉으로 기억하고 있었는데 지금 찾아보니까 제가 말하려는 대사는 안 나왔던 것 같네요. 여하튼 그 영화에서 주인공이 "You manipulated me!"라고 소리를 쳤습니다. 어떻게 번역할까요?

사전에서 'manipulate'를 찾아보면 '교묘하게 이용하다'라는 뜻이 있습니다. 그래서 "넌 나를 교묘하게 이용했어!"라고 번역하면 배신감에 젖어 일갈하는 느낌이 잘 안 살죠? 하지만 실제 자막은 "넌 날 가지고 놀았어!"였습니다. 무릎을 '탁' 쳤어요. 원문의 어감을 그대로 살린 명 번역이었어요. 그때부터 저는 'manipulate'가 나오면 일단 '가지고 놀다'란 뜻부터 생각나요. 이렇게 생생한 표현을 알고 모르고는 번역가에게 큰 차이를 만듭니다. 생기 있는 번역문을 만들 수 있느냐, 없느냐의 문제이니까요.

영상물 번역에서 이렇게 살아 있는 표현이 많이 나오는 이유는 실제로 사람이 하는 말처럼 들리게 하는 게 우선이기 때문입니다. 그러니까 원문의 뜻을 해치지 않는 선에서 필요하면 과감한 의역이 권장되죠. 대화문이 거의 100%를 차지하는 영상물과 달리 출판물은 서술문 위주로 되어있기 때문에 출판 번역가는 아무래도 입말보다 글말 쪽으로 기울 수밖에 없어요. 그러니까 적절히 입말을 구사할 수 있도록 영상물 번역을 보는 게 큰 도움이 됩니다.

그렇게 입말을 살린 예를 한 번 더 볼까요? 제가 최근에 〈데이즈곤〉과 〈레드 데드 리뎀션2〉라는 게임에서 본 인상적인 번역문이 있습니다. 각각 "They can take care of themselves"와 "Jamie's so innocent"를 번역한 것이었는데, 제가 기억하기로 전자는 "다 자기 앞가림은 할 줄 아는 사람들이야"로, 후자는 "걔가 뭘 알겠어"로 번역됐어요. 역시 사전만 봐서는 생각하기 어려운 표현이죠?

이렇게 방송, 영화, 게임 얘기를 하자니 좀 씁쓸하네요. 요즘은 그런 걸 즐길 시간이 통 없어서요. 평일이고 주말이고 육아 때문에 영화관에 가기는커녕 느긋하게 텔레비전 앞에 앉아 있을 시간도 없어요. 그나마 잠자기 전에 침대에 누워서 아이패드로 잠깐 넷플릭스 보는 게 요즘 제 삶의 낙입니다. 그런데 넷플릭스가 또 번역 공부에 도움이 돼요. 거의 모든 영상에 자막이 나오거든요. 한국 작품도 예외가 아닙니다. 한국 드라마와 영화를 영어 자막으로 볼 수 있어요. 그래서 우리가 평소에 쓰는 표현을 영어로 번역하면 어떻게 되는지 보고 그걸 역으로 번역에서 이용할 수 있죠.

다음은 제가 넷플릭스에서 본 인상적인 번역입니다. 각각 어떤 한국어 대사를 번역한 건지 유추해보세요.

He's so straightforward.

Those cruel bastards!

It was worth being beaten.

The port was swarming with cops.

실제 한국어 대사는 이렇습니다.

소장님 참 시원시원하시네. ― 영화 〈사바하〉

인정머리 없는 것들! ― 드라마 〈배가본드〉

몸 빵으로 때운 보람이 있네. ― 영화 〈프리즌〉

항구에 짭새들이 개떼같이 깔렸다고. ― 영화 〈불한당〉

아, 비속어는 양해해주세요. 제가 원래 누아르 물을 좋아해서요. 사실 번역도 누아르나 하드보일드물이 좀 들어왔으면 좋겠는데 아직은 영 기회가 닿질 않네요. 그래도 언젠간 의뢰가 들어올 거라 믿고 그때 쓸 표현을 수집 중입니다. 좌우간에 한국어 원문을 보면 영한사전에서는 찾을 수 없는 표현들이죠? 이게 만약에 영어가 원문이고 한국어가 번역문이었다고 생각해보세요. 그러면 읽는 사람은 어떤 기분이 들까요? 아마 '도대체 원문이 뭐였길래 한국어로 이렇게 자연스럽게 번역했지?' 할 겁니다.

저는 역서가 나오면 SNS에 올라오는 리뷰나 소감을 찾아보는데요, 최근에 출간된 제 역서에 대한 평을 읽다가 원문의 표현이 궁금해지는 부분이 많았다는 소감을 봤습니다. 그 비결이 뭐겠습니까? 많이 읽고 많이 보는 거예요. 그게 최선의 방법입니다. 뭐든 들어오는 게 있어야 나가지 않겠어요? 내 말만 하고 내 글만 써서는 어휘가 늘지 않아요. 늘 쓰는 표현의 감옥에 갇혀버려요. 그래서 언어의 마술사가 되려면(제가 그 정도란 건 아닙니다) 꾸준히 새로운 표현, 평소에 안 쓰는 표현을 머릿속에 집어넣어야 합니다.

자, 그럼 정리해보죠. 저는 번역에 생생한 표현을 많이 쓰기 위해 이렇게 합니다.

1. 틈틈이 방송과 영화를 보고 게임을 한다.
2. 원문을 들으면서 자막을 주의 깊게 본다.
3. 쓸 만한 표현을 기록해둔다.

이거 별로 어렵지 않아요. 방송, 영화 보고 게임을 하면서 공부한다니 사실상 놀면서 공부하는 거죠. 세상에 이렇게 쉬운 공부법이 또 있을까요? 이럴 줄 알았으면 아이가 태어나기 전에 더 많이 즐길 걸 그랬어요.

텔레비전은 바보상자가 아니에요. 텔레비전은 언어의 보물 상자입니다.

Tip

이 글을 인터넷에 공개한 후 질문을 받았습니다. 다른 번역가가 특정한 단어나 구문에 대해 쓴 번역 표현을 그대로 가져다 쓰는 것이 표절인가 아닌가 하는 질문이었어요. 저는 그 표현이 그 번역가가 새롭게 만든 창의적인 표현이 아닌 한 어차피 우리가 일상적으로 쓰는 표현일 테니 표절은 아닐 거로 생각했어요. 하지만 좀 더 정확한 답을 알고 싶어 저작권위원회에 문의했습니다.

위원회에서는 표절의 소지가 있고 원 번역가가 저작권 침해로 소송을 건다면 여러 가지를 고려해 판단할 수 있다고 답이 왔어요. 영상 번역을 오래 하신 분에게도 물어봤는데 해당 번역가의 고유한 창작물로 인정해줘야 한다는 답을 받았고요. 그래서 타인의 자막을 보고 공부하는 습관은 접었어요.

브런치에 꾸준히 글을 씁니다

"아니, 번역가가 글 쓰는 걸 귀찮아하면 어떡해요?"

제가 2년 전에 출판 기획 수업에서 선생님으로부터 들은 말입니다. 왜 자신의 글을 안 쓰냐는 질문에 귀찮아서라고 대답했거든요. 두 번째 습관에서 번역가가 되기 전에 미친 듯이 글을 썼다고 했잖아요? 그런데 번역가가 된 후로는 사실상 글쓰기를 중단했습니다.

네, 귀찮아서요. 생각해보세요. 번역가가 하는 일이 온종일 읽고 쓰는 거잖아요. 그러니까 일과를 마친 후에 또 글을 쓸 마음이 잘 생기지 않죠. 종일 식당에서 파전 부치고 왔는데 집에 와서 또 누가 야식으로 김치전 부쳐 달라고 하면 뒤집개로 확! 그런데 인제 와서 보면 귀찮다는 건 표면적인 이유였고 진짜는 따로 있었어요.

글 쓰는 게 무서웠던 거예요. 내 글솜씨가 형편없다고 판명 날까 봐 걱정됐던 거죠. 번역가가 글을 못 쓰면 어떻게 되겠어요? 일감이 끊기겠죠. 사기꾼 증후군이라고 들어보셨나요? 자신이 능력 이상으로 평가받고 있다고 생각해서 언제 들통날까 걱정하는 심리를 가리키는 말이요.

저도 그런 마음이 있었던 것 같아요. 제 능력에 대한 확신이 없었던 거죠. 분명히 취미로 글을 쓸 때는 내 글도 쓸 만하다고 생각했는데요, 남의 글을 우리말로 옮기는 일일지언정 글을 쓰는 게 직업이 되고 나니까 내 글을 비판적으로 보게 되더라고요. '이런 글이 의미가 있어? 재미도 없고, 멋도 없고, 감동도 없고, 쓸데없이 길기만 하고' 자꾸만 이런 생각이 들고 내 글이 초라하게 느껴지는 거예요. 그러니까 남에게 보여주기가 부끄러웠어요. 그래서 "자, 다시 글을 써보자"하고 야심 차게 블로그를 개설했다가도 글은 얼마 못 쓰고 몇 주 만에 닫기를 반복했습니다.

그렇게 시간이 흘러 번역을 업으로 삼은 지 10년쯤 됐을 때 '출판 기획' 수업을 들었어요. 외서 출간 기획서를 작성하는 방법을 배우고 싶었거든요. 출판사에 나를 알릴 방법이 필요했어요. 근 10년을 일했지만, 여전히 나를 아는 출판사는 소수에 불과했거든요. 특히 지난 습관에서 말한 대로 저는 누아르나 하드보일드 소설을 번역하고 싶은데 그쪽으로는 통 연이 닿질 않는 거예요. 그래서 출판사에서 나를 찾지 않아도 내 쪽에서 먼저 다가갈 방법이 필요했고, 그렇다면 괜찮은 외서를 발굴해서 출간 기획서를 내는 게 좋겠다고 판단한 거였죠.

그런데 제가 수강했던 '출판 기획' 수업은 알고 보니 남의 글이 아니라 내 글을 책으로 출간하는 기획을 배우는 거였어요. 각자 어떤 주제로 책을 쓰고, 어떤 내용을 어떤 식으로 배치할지, 목표 독자는 어떻게 잡고 어떤 식으로 마케팅할지 등등을 고민하는 수업이요. 그 과정에서 앞서 말한 지적을 받은 겁니다. 그때 문득 10년 전에 번역 선생님에게 들은 말이 떠올랐어요.

"번역가도 결국에 가서는 자기 글을 쓰고 싶어져요."

당시에는 그 말에 공감하지 않았어요. 제가 번역가를 택한 이유는 문장을 만드는 것은 재미있지만 내 글을 쓸 때 따르는 창작의 고통은 싫었기 때문이거든요. 그리고 보니 번역을 시작하기 전부터 이미 글 쓰는 걸 귀찮게 여기고 있었던 것도 같네요. 그런데 그 후로 10년이 지나서 뜻하지 않게 내 글을 출간하는 기획서를 작성하고 있다니 아이러니였어요.

그때 제가 기획한 책의 제목은 '배운 게 번역질인데'였습니다. 번역가가 어떻게 사는지, 어떤 자세가 필요한지 제 경험을 토대로 번역가 지망생과 초보 번역가들에게 알려준다는 게 기획 취지였어요. 선생님은 그 기획이 쓸 만하다고 보셨어요. 그러면서 일단 브런치에 글을 써볼 것을 권하셨습니다.

브런치, 제가 역시 두 번째 습관에서 말씀드렸죠? 블로그와 비슷하지만, 글을 읽고 쓰는 데 특화된 SNS 플랫폼. 그래서 현재 출판계에서 주목하고 있는 곳이죠. 실제로 브런치를 통해 많은 작가가 배출됐어요. 최근에 온라인이나 오프라인 서점 베스트셀러 코너에서 《무례한 사람에게 웃으며 대처하는 법》(정문정), 《하마터면 열심히 살 뻔했다》(하완)란 책 보셨을 텐데요. 둘 다 브런치 연재를 계기로 출간된 책들입니다. 그 밖에도 브런치 책방에 들어가면 이미 많은 책이 브런치를 통해 나왔다는 걸 아실 수 있어요.

아무튼, 선생님께 브런치 소개를 받기 전에 이미 브런치의 존재는 알고 있었어요. 하지만 글을 써야겠다는 의지는 없었죠. 귀찮고, 두렵고, 무슨 글을 써야 할지 감이 안 잡혔거든요. 그런데 기획서를 쓰고 나니까 해볼 만하겠다는 생각이 들더라고요. 내가 쓰는 글이 출판까지 이어지겠다는 생각은 안 했지만, 외서 출간 기획서를 보내는 것 말고도 출판계에 나를 알리는 방법이 될 것 같았어요. 그래서 작가 신청을 했습니다.

브런치는 좀 깐깐합니다. 아무에게나 글 쓸 기회를 주진 않아요. 신청을 받고 심사를 거쳐 작가 자격을 부여합니다. '브런치 고시'라는 말이 있을 만큼 여러 번 도전해서 겨우 합격하는 사람도 있어요. 그런데 저는 운이 좋았어요. 출간된 저서가 있는 사람은 바로 통과인데 역서도 저서로 쳐줬거든요. 그래서 고생 안 하고 브런치 작가가 됐죠.

그때부터 번역에 대한 글을 써서 올렸습니다. 열심히 했다고는 말 안 할게요. 한 달에 한 편 쓰면 많이 쓰는 거였거든요. 그래도 비록 느릴지언정 꾸준히 썼어요. 그렇게 1년쯤 썼을 때 한 출판사 관계자의 댓글이 달렸습니다. 번역을 맡기고 싶다고요. 이후로도 브런치를 통해 번역 의뢰가 몇 번 들어왔어요. 유감스럽게 모두 보수나 일정이 맞지 않아 작업으로 이어지진 않았지만요.

한 번은 게임 번역팀으로 합류해 달라는 제안도 받았어요. 워낙 게임을 좋아하기 때문에 좋은 경험이 될 것 같아 응했는데 결과적으로 하루 만에 GG쳤어요(게이머들이 포기했다는 뜻으로 쓰는 은어입니다). 내가 모든 문장의 맥락을 파악하고 번역할 수 있는 도서 번역과 달리, 게임 번역은 제작사에서 준 지문을 보고 맥락을 유추해야 하는 부분이 많고 여럿이 팀으로 번역하다 보니 통일성도 고려해야 하는 등 같은 번역이라고 해도 작업 방식이 출판물과 전혀 달라서 저와 맞지 않더라고요. 죄송하다고 정중히 사과히고 책 번역에 전념하기로 했습니다.

생각해 보니 다른 플랫폼에서 스카우트 제의가 들어오기도 했네요. 새로 시작하는 플랫폼인데 번역 관련 글을 올려 달라고 했어요. 많은 이용자에게 글이 노출되도록 신경을 써주겠다는 말이 솔깃했지만 동시에 여러 가지 일을 벌이는 건 체질에 맞지도 않고 브런치에 애정이 있어서 정중히 거절했습니다.

이렇게 쓰면 웬만한 건 다 거절하는 사람처럼 보일 테지만 그렇게 까다로운 사람은 아닙니다. 제가 승낙한 건도 있어요. 그 건 역시 브런치를 통해 연락이 왔어요. '전문가들의 습관'을 시리즈로 출간할 계획인데 번역가의 습관에 대한 글을 맡기고 싶다는 내용이었어요. 이후 메일로 좀 더 자세한 내용을 듣고 서울에 가서 출간 계약을 하고 왔습니다. 짐작하셨겠지만 그 결과물이 바로 이 책입니다.

말했다시피 브런치를 시작할 때만 해도 제 글이 출간될 거라는 기대는 크게 하지 않았어요. 출판사에서 글을 보고 번역 의뢰나 많이 들어오면 좋겠다고 생각했죠. 그런데 뜻밖에도 저서를 가진 번역가가 될 길이 열린 거죠. 경사죠, 경사.

그래서 이 이야기를 통해 제가 하고 싶은 말은? 이렇게 정리할 수 있겠네요.

1. 번역가(그리고 지망생)들이여, 브런치를 개설하십시오.
2. 꾸준히 글을 쓰십시오.
3. 출판사에서 연락이 올 겁니다.

물론 브런치에 글을 쓴다고 꼭 의뢰가 들어온다는 보장은 없습니다. 사실 전 운이 좋았어요. 브런치든 블로그든 온라인에 꾸준히 글을 올리는 번역가가 드물거든요. 그러니까 출판사들의 탐지망에 쉽게 걸렸던 거죠. 근데 지금도 상황은 별반 다르지 않아요. 자기 글을 쓰는 번역가는 여전히 극소수예요. 그러니까 여러분에게도 승산이 있습니다. 어차피 밑져야 본전이잖아요, 라고 말하면 너무 무책임한 걸까요? 하지만 솔직히 글 쓴다고 해서 손해 볼 건 없어요. 득이 되면 득이 됐죠.

사람이 영향력을 키우려면 약점을 보완하는 것보다는 강점을 키우는 게 훨씬 효과적이라고 해요. 그런데 우리의 강점이 뭡니까? 글발이죠. 아니라고 하지 마세요. 애초에 글을 못 썼으면 번역가가 될 생각도 안 했을 테니까요. 엄살이 아니라 정말로 글을 못 쓴다면? 더더욱 써야겠네요. 글로 먹고사는 사람이 글을 못 쓰면 안 되잖아요. 알아요, 귀찮고 무서운 거. 그런데 그걸 꾹 참고 글을 쓰다 보면 새로운 세상이 열립니다. 나의 잠재력이랄까, 가능성에 새롭게 눈을 뜨게 돼요. 제가 다 해보고 드리는 말씀입니다.

저는 요즘 번역 외에도 여러 가지 소재로 브런치에 글을 쓰고 있어요. 글 쓰는 게 다시 재미있어졌거든요. 그리고 번역만 하는 게 아니라 내 글 팔아먹고 살겠다는, 어, 그러니까 작가가 되겠다는 꿈이 생겼어요. 번역가도 결국에 가서는 자기 글을 쓰고 싶어진다던 선생님의 예언이 실현된 거죠.

저도 예언 하나 하겠습니다. 당신도 나처럼 될 겁니다.

Tip

브런치를 개설하고 글을 쓰기 시작했는데 라이킷(좋아요)이 잘 안 찍히고 구독자도 통 안 는다고요? 저도 아직 구독자가 많은 건 아니지만, 그래도 브런치 선배로서 제 경험을 바탕으로 간단한 팁을 드릴게요.

1. 글을 많이 쓰세요.

글이 많을수록 브런치의 추천 알고리듬을 통해서든, 포털 검색을 통해서든 내 브런치가 많이 노출됩니다. 간단하게 생각해서 글 한 편이 하루 평균 5회 노출된다고 하면 전체 글이 10편일 때는 하루에 50회 노출되지만 100편일 때는 500회 노출되겠죠? 제가 석 달 동안 죽이 되든 밥이 되든 매일 한 편씩 글을 써서 올린 적이 있는데요, 그때 구독자가 꽤 빠르게 늘었습니다.

2. 먼저 라이킷 하고 먼저 구독하세요.

누가 나한테 관심을 보이면 나도 그 사람한테 관심이 가는 게 사람 심리입니다. 사람들을 내 브런치에 오게 하려면 내가 먼저 그들의 브런치에 가서 흔적을 남겨야 해요. 물론 순전히 구독자를 늘리기 위해 계산적으로 행동하라는 말은 아니지만, 적극적으로 관심을 표현할 필요는 있어요. 라이킷 할까 말까 싶을 때는 그냥 하세요.

3. 정성껏 대댓글을 다세요.

누가 내 글에 댓글을 달았으면 그냥 흐뭇하게 보기만 하면 안 됩니다. 저쪽에서 말을 걸었으면 나도 대답을 해야죠. 그러니까 꼭 대댓글을 다세요. 이때는 웹으로 접속했다면 골뱅이(@)를 입력해서 댓글을 단 사람을 선택하고, 앱을 이용할 때는 윗 댓글을 터치한 후 내용을 입력하세요. 그래야 그 사람에게도 대댓글이 달렸다는 알림이 갑니다.

4. 내가 이미 작가라고 생각하세요.

저도 이건 최근에서야 깨달은 건데요, 내가 이미 작가라고 생각하고 자신 있게 글을 쓰면 더 개성적인 글이 나오고 그런 글이 사람들을 더 잘 끌어들입니다. 안 그래도 브런치에서는 서로를 '작가님'이라고 불러요. 브런치에 글을 쓰기 시작한 이상 당신은 이미 작가입니다.

번역가는 편집자를
신뢰해야 한다

"제가 음악, 미술 쪽으로는 문외한이라
아무래도 어렵겠습니다."

제가 열다섯 번째 습관을 시작하며 했던 말이죠? 번역 의뢰
가 들어왔는데 제가 그 방면으로 지식이 없어서 정중히 거절
했다고 말씀드렸습니다. 그렇다고 제가 의뢰를 쉽게 거절하
는 사람은 아니에요. 오히려 웬만하면 들어오는 대로 다 받습
니다. 왜냐고요? 툭 까놓고 말해서 한 번 거절하면 그 출판사

에서는 다시는 일이 안 들어오거든요. 제가 번역가로 10년쯤 살아보니까 그래요. 간혹 거절을 받은 출판사에서 감사하게도 같이 작업해보자고 다시 연락 오는 경우도 있지만 보통은 거절과 함께 작별입니다.

열 번 찍어 안 넘어가는 나무가 없다는 말이 있어요. 아니, 있었죠. 주로 남자들이 마음에 드는 여자에게 몇 번이고 들이대다 보면 결국 넘어온다는 뜻으로 쓰였죠. 그런데 요즘은 그것도 옛말입니다. 싫다는데 자꾸 추근대면 민폐예요. 더군다나 찍는 사람들도 열 번이나 찍지도 않습니다. 너 아니면 좋은 사람 없겠냐, 됐다, 하고 관두는 거죠.

출판사의 마음도 그렇지 않을까 싶습니다. "당신 말고도 번역하겠다는 사람은 많아!" 물론 이렇게 신경질적으로 반응하지는 않겠지만 기껏 번역을 제의했는데 거절하는 사람에게 굳이 또 손 내밀고 싶은 마음은 없지 않을까 싶어요. 몇 번이나 붙잡아야 할 만큼 유능하고 유명한 번역가가 아니라면 일을 맡길 번역가는 많으니까요.

그래서 저는 출판사의 요청은 어지간하면 다 받아들입니다. 번역 의뢰만이 아니라 부수적인 작업도 마찬가지예요. 예를 들면 번역을 마친 후 출판사에서 마케팅용으로 쓰기 위해 저자나 책에 대한 자료를 조사해 달라고 할 때가 있어요. 홍보 영상을 번역해 달라고 하거나 역자 후기를 부탁하기도 하죠. 다른 번역가들은 어떤지 모르겠지만 솔직히 저는 그런 것 귀찮습니다. 책을 번역하는 건 재미있는데 그 외의 작업은 왜 그런지 영 재미가 없어요. 그리고 출판사에서 소정의 수고료를 준다고 하지만 들어가는 시간을 따져보면 사실은 손해이기도 하고요.

하지만 출판사에서 해 달라면 정성껏 해줍니다. 거기에 더해서 출판사에서 연락이 오면 최대한 빨리 회신합니다. 번역 의뢰가 들어오면 아마존에서 책에 대한 정보를 확인한 후에 바로 할 수 있다, 없다로 답을 해요. 굳이 책을 다 읽어보진 않아요. 지금까지 일해보니까 내가 문외한인 분야의 책이 아닌 이상은 번역할 수 있겠더라고요. 그리고 언제까지 역자 교정을 해 달라고 하면 밤잠을 설쳐가며 일해야 할 정도의 촉박한 일정이 아닌 이상 바로 알았다고 답을 합니다. 번역 원고에 대한 질문을 받았을 때도 따로 조사가 필요하지 않다면 바로 답을 보내고요.

보통 출판사 연락은 메일로 오는데요, 종일 메일함을 보고 있는 게 아니니까 확인할 때까지 시간이 걸리긴 하겠지만 일단 확인했으면 30분 안에 답신합니다. 내가 상대방의 입장이라면 그렇게 신속한 답변을 원할 테니까요. 사람이 그렇잖아요, 누구한테 뭘 물었으면 빨리 답을 듣고 싶어 하잖아요. 제가 빨리 답을 해줘야 출판사도 빨리 일정을 조정하든가 다른 번역가를 찾든가 해서 일을 진행하죠. 제가 편집자라면 연락이 잘 안 돼서 자꾸만 기다리게 하는 번역가하고는 오래 일하고 싶지 않을 것 같아요.

역자 교정 얘기가 나왔으니까 말인데 저는 편집자가 제 문장을 고쳐도 어지간해서는 뭐라고 하지 않습니다. 물론 문장의 뜻이 원문과 전혀 달라지거나 읽기 불편한 부분이 생기면 바로잡아 달라고 하겠지만, 그렇지 않고 긴 문장을 자른다거나 표현을 좀 바꾼다든가 하는 일반적인 경우에는 그냥 알아서 잘하셨겠지, 하고 수긍합니다. 편집자 역시 글을 잘 아는 사람이기 때문이죠. 애초에 글을 읽고 쓰는 걸 좋아하지 않았다면, 그래서 문장에 대한 감각이 없었다면 편집자가 되지도 않았겠죠. 종일 텍스트와 씨름하기는 편집자도 번역가와 매한가지니까요.

오히려 저는 번역가가 보지 못하는 부분을 편집자가 보완해줄 수 있다고 생각해요. 예를 들면 번역가는 원문을 다 꿰고 있기 때문에 독자들이 고개를 갸웃하게 되는 번역문을 잡아 내지 못할 때가 있어요. 이런 건 편집자가 개입해서 독자의 입장에서 수정해줘야 해요. 번역가가 원문의 표현이나 구조에 매몰되어 한국어로는 자연스럽게 읽히지 않는 문장을 만들었을 때도 편집자가 나서야 하고요.

그리고 역자 교정 이전에 처음부터 출판사에서 문장을 이러저러하게 써 달라고 요청하면 최대한 거기에 맞춰 번역해요. 예를 들어 출판사에서 과감한 윤문을 부탁할 때가 있어요. 우리 독자가 쉽고 빠르게 읽을 수 있도록 원문에서 불필요한 부분을 빼버리고, 긴 문장을 짧게 나누고, 어렵고 복잡한 표현을 간단하게 바꿔 달라고 하는 식입니다. 솔직히 번역가 입장에서는 고민하게 되는 문제예요. 내가 원문을 그렇게 변형할 권리가 있는가, 자칫하면 원문을 난도질한 결과물이 나오는 것 아닌가, 하는 생각이 들죠. 하지만 또 한편으로 생각해보면 저자에게서 출판권을 받은 건 내가 아니라 출판사니까 원서를 아주 뜯어고치는 것이 아니라면 그 정도는 출판사의 재량에 맡길 수 있는 부분이 아닐까 싶기도 해요. 뭔가 출판사에 책임을 떠넘기는 것 같기도 하지만, 그보다는 출판사를 신뢰한다고 말하는 게 좋을 것 같아요.

네, 저는 출판사를 신뢰합니다. 좀 더 정확하게 말하자면 편집자를 신뢰해요. 저는 번역가보다 편집자가 더 넓은 시야를 갖고 있다고 생각해요. 번역가는 자기가 번역하는 책밖에 안 보지만 편집자는 시장을 보고 독자를 보잖아요. 번역가는 작업실에서 조용히 글을 읽고 쓰는 사람이라면 편집자는 출판 현장에서 흐름을 읽고 그 흐름을 타거나 새로운 흐름을 만들 방법을 고민하는 사람이잖아요. 출간 이벤트 등을 통해 독자와 직접 접촉하는 사람이기도 하고요. 물론 그런 쪽으로는 편집자 못지않은 역량을 갖춘 번역가도 있겠지만 저는 아닙니다. 그래서 저는 번역 외의 영역에서는 편집자가 저보다 한 수 위라고 생각해요. 그게 바로 지금까지 말한 것처럼 제가 출판사의 요구를 웬만하면 다 수용하는 이유이기도 해요.

이것 말고도 제가 편집자를 신뢰하는 이유가 한 가지가 더 있습니다. 바로 저와 똑같은 목적을 갖고 있다는 이유 때문인데요. 그 목적이 뭘까요? 책 잘 만들어서 잘 파는 거죠. 그렇잖아요? 아무리 내가 번역 그 자체를 좋아한다고 해도 내가 애써 번역한 책이 서점 한구석에 쓸쓸히 처박혀 있거나 독자에게 이것도 책이냐고 혹평을 듣는다면 얼마나 기운 빠지는 일이에요? 사실 모든 번역가가 자기가 번역하는 책이 독자의 사랑을 받고 많이 팔리길 기대하잖아요. 편집자도 마찬가지예요. 자기가 편집하는 책이 이왕이면 세간의 화제가 되고 많은 사람에게 영향을 미치길 바라죠. 그러니까 정성을 쏟는 거고요. 결국 편집자와 번역가는 운명공동체입니다. 한배를 탄 사람들이에요. 그러니까 서로 신뢰하고 존중해야죠. 그 신뢰와 존중을 표현하는 방식이 제게는 자발적 을이 되는 겁니다.

자, 정리해보죠. 저는 출판사에서 다시 찾는 번역가가 되기 위해 이렇게 합니다.

1. 번역 의뢰가 들어오면 웬만해서는 수락한다.
2. 번역과 관련된 요구 사항을 적극적으로 수용한다.
3. 원고에 대한 편집자의 재량권을 인정한다.

번역가만이 아니라 프리랜서라면 마음에 새겨야 할 말이 있습니다. 언제나 나를 대체할 사람은 존재한다는 것. 대체 불가능한 사람이 되려면? 그만큼 인지도 있는 사람이 돼야겠지요. 인지도 있는 번역가가 되는 방법이요? 역서가 잘 팔리는 게 최고입니다. 역서가 잘 팔리려면 물론 운도 따라야겠지만 편집자와 합이 잘 맞아서 책이 잘 만들어져야겠죠. 그러니까 번역가는 편집자를 존중하고 신뢰해야 합니다.

Tip

출판사와 직거래하는 번역가가 많지만 저는 주로 에이전시를 통해 계약을 맺습니다. 에이전시는 출판사와 번역가를 이어주는 기관이에요. 출판사에서 에이전시 측에 어떤 책을 번역해야 하는데 적당한 번역가를 찾아 달라고 요청하기도 하고 에이전시 소속 번역가를 지목해서 번역을 의뢰하기도 합니다. 에이전시를 통할 때는 장단점이 있는데요, 제가 일한 경험을 토대로만 이야기해보겠습니다.

에이전시를 이용할 때 장점은 번역료를 떼일 확률이 낮다는 겁니다. 모든 출판사가 작정하고 번역료를 떼먹는 건 아니지만 종종 그런 일이 발생해요. 번역료를 안 주는 건 아니지만 지급을 차일피일 미루기도 하고요. 이런 경우에 번역가 혼자서는 대응하기가 쉽지 않지만 에이전시는 규모가 있기 때문에 훨씬 효과적으로 문제를 해결할 수 있습니다.

또 다른 장점은 무명 번역가가 일을 받을 통로가 된다는 거예요. 출판사에서 적당한 번역가를 소개해 달라고 하면 에이전시는 소속 번역가 몇 명에게 샘플 번역을 제안합니다. 이때 경력이 짧은 번역가도 도전해볼 기회가 생기죠. 물론 에이전시 내에도 워낙 많은 번역가가 존재하기 때문에 수월하게 일감을 받을 수 있다고는 할 수 없지만, 어디에도 의지할 데가 없는 것보다는 낫겠죠?

단점은 아무래도 에이전시가 중간에 끼기 때문에 편집자와 친분을 쌓기가 어렵다는 겁니다. 에이전시가 의도적으로 소통을 막는 건 아니지만 원래 단둘이 만나면 할 얘기도 중간에 누가 끼면 잘 안 하게 되는 게 사람 마음이잖아요?

수수료가 나가는 것도 단점이라면 단점이에요. 아무래도 직거래를 했다면 나가지 않았을 돈이 나가니까요. 하지만 제 경우에는 수수료율이 합리적이고 에이전시를 통해 누리는 혜택에 만족하기 때문에 수수료가 아깝다고 생각하진 않아요.

에이전시를 선택할 때는 다음 세 가지를 보셨으면 좋겠어요. 첫째, 내 이름으로 역서가 출간되는가. 번역가의 경력은 내 이름 박힌 역서로만 인정됩니다. 내가 번역했어도 남의 이름으로 나가는 책은 의미가 없어요. 둘째, 평균적인 계약 단가와 수수료율이 얼마인가. 번역료가 너무 낮게 책정되거나 수수료를 많이 떼간다면 실제로 번역가의 손에 떨어지는 소득이 많지 않아 일할 맛이 떨어집니다. 셋째, 번역료가 제때 지급되는가. 출판사가 안 줘도 문제지만 에이전시가 안 줘도 큰일이죠. 그러니까 번역료가 문제없이 잘 지급되는지 확인해야 합니다.

19

일주일에 한 번은
'좋은 자극'

"주말인데 만나자는 전화 한 통 안 오냐?"

예전에 제 방에 놀러 온 친구가 게임을 하다가 핀잔하듯 저에게 한 말입니다. '아니, 지금 너랑 놀고 있는 거 안 보이냐?' 그래 놓고선 자기는 저녁까지 다 먹고 갔습니다.

저는 그렇게 아무 연락 없는 주말을 좋아합니다. 아무 약속도 없이 빈둥대다가 산책이나 하고 맛있는 거나 먹는 느긋한 주말이 좋아요. 그날만 해도 오후에 대학원 선배들에게서 전화가 왔어요. 근처에 왔다고 나와서 같이 밥이나 먹자고요. 어떻게 했을까요? 집에 손님 있다고 안 나갔습니다. 친구야 그냥 보내거나 혼자 게임하고 있으라고 해도 되겠지만 나가려면 씻기도 하고 옷도 갈아입고 해야 하는데, 귀찮더라고요.

저는 미리 약속된 만남은 괜찮지만 즉흥적인 만남은 거절을 잘하는 편입니다. 예전에 연극 동호회 활동을 할 때 연출가 선생님이 그랬어요.

"고명 씨는 참 귀찮은 거 많은 사람이야." 정곡을 찌르는 말이었습니다. 그 말을 듣고 가만히 생각해보니까 정말로 귀찮아서 뭘 잘 안 하려고 하는 성격이더라고요. 어디 틀어박혀서 가만히 있는 거 좋아하고요. 지금도 전형적인 집돌이예요.

요즘 제일 그리운 게 뭔지 아세요? 주말이면 소파와 한 몸이 되어 종일 텔레비전을 보던 겁니다. 이젠 아이가 볼까 봐 텔레비전은 켜지도 못해요. 말도 못 하는 녀석이 집에만 있으면 지겨운지, 주말마다 꼭 어디든 데리고 나갔다 와야 하고요, 주말이 평일보다 더 고단할 때도 있다니까요.

귀차니즘 말고도 제가 집에 있는 걸 좋아하는 이유가 또 있습니다. 저는 잡담에 약해요. 시시콜콜한 이야기에 별로 관심이 없어요. 제 얘기를 할 때는 발단-전개-절정-결말 중에서 발단과 결말만 말합니다. 귀찮잖아요. 앉아서 웃고 떠드는 것도 딱 한 시간까지만 재미있고 그 이상은 피곤합니다. 그래서 목적 없는 친목 모임은 그리 좋아하진 않아요. 이렇게 말하니까 이상한 사람처럼 보이는데요, 나쁜 사람은 아니에요. 좀 특이한 거지.

그런데 이런 저도 일주일 내내 집에만 있으면 답답합니다. 아직 결혼하기 전에 혼자 살 때는요, 공동작업실에 나가서 일하던 때를 빼면 일도 집에서 하니까 며칠씩 혼자 집에 틀어박혀 있을 때가 종종 있었어요. 그러면 어떤 증상이 생기는지 아세요? 사람이 벽을 보고 얘기해요. 아니, 또 이상한 사람으로 오해하실라, 그런 건 아니에요. 그냥 허공에 대고 혼잣말을 하는 거죠. 어째 쓰고 보니 더 이상한데요, 여하튼 그냥 머릿속으로만 생각하면 될 걸 굳이 입으로 떠들어봐요.

그런 증상이 나타난다면 이제 나가서 사람을 만나든 뭐든 해야 할 때라는 신호입니다. 너무 내 안에 갇혀 있었다는 뜻이죠. 마음이 이제 제발 좀 나가라고 하는 거예요. 그럴 때 나갔다 들어오면 '아, 재미있었다! 기운이 돈다!' 하는 기분이 들어요. 그동안 인식하진 못했지만 활력이 많이 떨어져 있었던 거죠. 아무래도 사람은 사회적 동물이니까요.

아무리 집돌이라 해도 외부와의 접촉이 필요해요. 고래가 물속에 살면서도 가끔 물 위로 올라와서 숨을 쉬어야 하는 것처럼 밖에 나가서 사람도 만나야 해요. 그 방법이야 여러 가지가 있겠죠. 예를 들면 저는 신촌에 살 때 근처에 살던 친구들과 목요일 저녁마다 모여서 맛있는 걸 먹고 차 한 잔씩 했어요. 아니, 친목 모임은 취미가 없다면서? 아니요, 목적이 있잖아요. 맛있는 거 먹는 거. 저는 혼밥을 좋아하지만 피자집이나 고깃집처럼 혼자서는 가기 어려운 집도 가고 싶거든요.

저는 그렇게 어떤 목적이 분명하거나 공통된 관심사를 갖고 모이는 자리를 좋아해요. 그러고 보니 요가도 제가 활력을 유지하기 위해 했던 활동이네요. 제가 다닌 요가원은 아사나(동작)만이 아니라 명상도 중시하는 곳이었어요.명상 후에는 서로 무엇을 느꼈는지 이야기를 나눠요. 단순한 소감을 말하는 게 아니라 자기 삶을 돌아보며 깊은 이야기를 나눕니다. 그 시간이 참 좋았어요.

그렇게 좋았던 게 또 있어요. 연극이에요. 대학로에 살 때 종종 연극을 보러 다녔는데 그러다 보니까 어느 날인가부터 '아, 나도 무대에 서고 싶다!' 하는 생각이 들더라고요. 그래서 여기저기서 단기로 연극 수업을 듣다가 본격적으로 배우기 위해 동호회에 들어갔어요. 이젠 이런저런 사정으로 그만뒀지만 지금도 연극 하기를 참 잘했다고 생각합니다. 저는 평소에 저를 많이 표현하는 성격이 아니에요. 생각은 많지만 그걸 다 밖으로 끄집어내진 않아요. 그런데 연극은 모든 것을 말, 표정, 몸짓으로 타인이 알 수 있게 드러내야 하는 예술이잖아요. 그래서 평소에 내 안에 품고만 있던 것을 많이 표현할 수 있었어요.

자기표현이란 걸 해보니까 참 좋더라고요. 그걸 단적으로 보여주는 일이 있었어요. 우리가 일종의 무언극을 준비할 때였어요. 대본 없이 그때그때 생기는 자극에 반응해 말없이 내 안의 감정, 충동을 표현하는 극이었죠. 예를 들어 갑자기 물소리가 들리면 누군가는 징검다리를 건너는 시늉을 하고 또 누군가는 그걸 보고 건너지 말라고 팔을 휘저으며 괴성을 지르는 거예요. 열댓 명이 한 공간에서 소리와 불빛에 자극을 받고 또 서로에게 자극을 받아 한바탕 난장판을 벌이는 공연이었죠. 매번 자극이 달라졌고 당연히 매번 우리의 반응도 달라졌어요.

언젠가 연습을 끝내고 다들 지쳐서 바닥에 누워 있는데 문득 그런 생각이 들더라고요. '아, 행복하다, 나는 이 사람들이 정말 좋다.' 내 안에 있는 걸 자유롭게 표현하고 나니까 속이 텅 빈 느낌이 들고, 그걸 다 받아준 다른 배우들과 하나가 된 느낌이 들었어요. 그때 느낀 해방감과 일체감은 지금도 잊을 수 없네요.

그러고 보니까 오늘 제가 하고 싶은 이야기의 핵심은 바로 자극입니다. 네, 우리에게는 자극이 필요해요. 그래야 사는 게 지겹지 않거든요. 번역가들은 보통 혼자서 조용히 일하니까 삶이 무료해지기 쉬워요. 그러면 자연스럽게 의욕이 떨어지고 그게 번역 품질에도 영향을 미치죠. 그러니까 자발적으로 자극을 찾아야 합니다.

그러면 어떤 활동이 좋은 자극인지 알 수 있을까요? 집을 나설 때 발걸음이 가벼운지 보면 될까요? 글쎄요. 저는 무슨 일로든 밖에 나가는 건 귀찮아요. 기운이 넘치는데도 오늘은 컨디션이 안 좋다고 거짓말하고 안 나가고 싶어요. 그러면 어떤 활동이 좋은 자극일까요? 그 기준은 들어올 때의 기분입니다. 뭔가를 하고 들어올 때 '아, 좋다, 오늘도 보람차게 보냈다!' 하는 마음이라면 그건 긍정적인 자극이 되는 활동이에요.

얼마 전에 일주일에 한 번씩 미술 학원에 다녔는데요, 두 달 만에 관뒀습니다. 미술이란 게 혼자 조용히 앉아서 그림만 그리는 거다 보니까 번역과 크게 다르지 않더라고요. 별로 자극이 안 됐어요. 자꾸만 시계를 보게 되고 돌아올 때도 다음 주에 또 가야 하나 말아야 하나 싶더라고요. 미술이 나쁘다는 게 아니라 저랑 안 맞았던 거죠.

최근에 다니기 시작한 성악 교실은 정반대입니다. 마치고 돌아오면 늦은 시간인데요, 어느 날은 아내가 졸린 기색이 역력한데도 저를 기다리고 있어요. 그래서 먼저 자지 왜 기다리고 있냐고 물었더니, 제가 신이 나서 집에 들어오는 걸 보려고 기다렸대요. 실제로 그래요. 성악 교실 마치면 마음이 붕 떠서 차 안에서 노래를 부르며 돌아와요. 그게 일과 육아로 지친 제 삶에 활력을 불어넣습니다.

자, 정리해보죠. 저는 생활의 활력을 유지하기 위해 이렇게 합니다.

1. 일주일에 한 번씩은 외부 활동을 한다.

2. 다른 사람과 함께 하는 활동을 찾는다.

3. 돌아올 때의 기분을 보고 긍정적인 자극이 되는지 판단한다.

지난 습관에서 기왕에 글로 먹고사는 것 작가가 되자고 했잖아요? 외부 활동은 내 글을 쓰기 위한 콘텐츠를 확보하는 데도 도움이 됩니다. 얼마 전에 성악 교실에서 들었는데 요즘은 아마추어 성악 콩쿠르가 있대요. 그 말을 듣고 콩쿠르 도전이라는 목표가 생겼습니다. 그리고 그 과정을 기록으로 남기기 위해 매주 수업에서 배우고 느낀 것을 글로 정리해서 〈나의 콩쿠르 도전기〉라는 제목으로 브런치에 올리고 있어요. 목표가 달성되면 누가 안 내줘도 독립 출판으로라도 책을 낼 계획입니다.

아마 여러분도 그렇게 내가 좋아서 남들에게 이야기하고 싶은 게 하나쯤은 있을 거예요. 없다고요? 그럼 이제 찾으면 되겠네요.

Tip

서울이야 없는 게 없는 곳이다 보니 어떤 모임이든 쉽게 찾을 수 있지만 지방 중소도시는 그렇지 않죠. 하지만 아주 방법이 없는 건 아닙니다. 다음과 같은 곳에 취향에 맞는 강좌가 개설되어 있을지도 모르거든요.

1. 대형마트/백화점 문화센터
2. 대학교 평생교육원
3. 지자체에서 운영하는 문화예술회관

보통은 계절별로 스포츠, 음악, 미술, 외국어, 공예 등 여러 분야의 강좌가 개설돼요. 가격도 일반 학원보다 저렴하고요. 저는 계절이 바뀔 때마다 가까운 곳의 강좌를 확인합니다.

20

저와 일의 가치를 매일 되새깁니다
(feat 수입 공개)

"고명 씨, 솔직히 이 일 권하고 싶지 않아. 이거 돈도 명예도
안 따르는 일이야. 나중에 결혼도 못 할 수 있어"

제가 2007년에 번역을 배울 때 한 선생님으로부터 들은 말씀
입니다. 그때 제 나이가 스물여섯이었어요. 대학교 졸업반이
었으니까 다른 길로 가려면 갈 수 있는 시기였죠. 그래서 다
시 생각해보길 바라셨던 것 같아요. 하지만 저는 번역가를 택
했습니다. 나는 남과 다를 거라 생각했거든요. 왜 다들 그렇지

않나요. 전쟁터에 나가도 왠지 나는 살아남을 것 같잖아요. 그런 근거 없는 믿음으로 겁 없이 번역 전선에 뛰어들었습니다. 결과적으로 말하자면 결혼은 했습니다. 다만 돈이나 명예는 아직 따르지 않았어요.

일단 돈 얘기를 해볼게요. 아마 다들 번역가의 수입이 궁금하실 거예요. 제가 통계 자료를 갖고 있는 건 아니니까 어디까지나 제 경험에 비추어서 말해볼게요.

번역료를 원고지 한 장에 4,000원으로 잡고, 하루에 번역 원고 50장을 생산하며 한 달에 20일을 일한다고 해보죠. 그러면 번역료로 버는 돈이 월 400만 원입니다. 물론 실수령액은 아니에요. 여기서 세금(3.3퍼센트=약 13만 원) 떼고 통장에 입금되거든요. 그리고 매달 날짜 맞춰서 국민연금(9퍼센트=36만 원)과 건강보험료(재산에 따라 달라지는데 여기서는 편의상 20만 원이라고 하죠)가 나갑니다. 직장인은 회사에서 절반을 보조해주지만 프리랜서는 직장이 없으니까 당연히 전액 자부담입니다. 그러면 실수령액이 331만 원쯤 되네요.

여기까진 벌이가 나쁘지 않죠? 그런데 여기에는 몇 가지 함정이 있습니다. 첫째, 장당 4,000원이란 번역료가 업계 최고 수준은 아니지만 그렇다고 쉽게 받을 수 있는 금액은 아니라는 겁니다. 저는 꼬박 10년을 일하고서야 번역료가 4,000원대에 진입했어요. 제게 번역을 의뢰하려다가 번역료를 듣고 비싸서 안 되겠다고 하는 출판사도 종종 있었어요. 출판사에 따라 부담스러울 수 있는 금액이란 거죠. 둘째, 매일 원고지 50장 분량을 번역하는 것 역시 쉬운 일이 아닙니다. 까다롭다 싶은 책은 하루에 겨우 30장을 넘기기도 해요. 셋째, 한 달에 꼬박 20일을 번역할 수 있다는 보장이 없어요. 프리랜서라는 특성상 일이 끊길 때가 있거든요. 일을 하고 싶어도 할 일이 없는 상황이 벌어지는 거죠. 저는 일이 없어서 쉰 날을 합치면 연평균 한 달 정도는 되는 것 같아요. 넷째, 직장인과 달리 고용보험에 가입되지 않고 퇴직금이 적립되지 않습니다. 간단히 말해서 일없으면 들어오는 돈도 없어요. 스스로 비상시를 대비해 목돈을 모아야 합니다.

번역만 해서 먹고 살수 있냐고요? 통계청 2018년 가계동향조사에 따르면 1인 가구의 월평균 소비 지출은 142만 원, 2인 가구 220만 원, 4인 가구 382만 원입니다. 번역가의 소득 통계 자료는 없지만 제가 볼 때 외벌이로 번역이 유일한 소득원이라고 할 경우, 혼자면 살 만하고, 둘이면 빠듯하지만 어찌어찌 견딜 만하고, 넷이면 삶이 팍팍할 거예요. 저요? 바깥양

반(=아내)이 저보다 잘 벌어서 살 만합니다.

그럼 돈 얘기는 이 정도 하고 명예로 넘어가죠. 명예, 간단히 말해 세상에 이름을 날리는 겁니다. 그런데 한번 생각해보세요. 지금 당장 이름 댈 수 있는 번역가가 몇 명이나 되나요? 아마 손에 꼽을걸요. 네, 그래요. 번역가는 어지간해서는 누가 특별히 기억해주지 않아요. 작가의 그림자 같은 존재죠.

몇 년 전만 해도 포털에 '김고명'이라고 넣으면 농담이 아니라 칼국수, 떡국 레시피만 잔뜩 나왔어요. 아무리 제가 역자 프로필에 '음식에 얹는 고명처럼 원문의 멋과 맛을 살리고 싶은 번역가'라고 쓴다지만, 세상에 경쟁할 게 없어서 칼국수랑 경쟁이라니요. 그나마 이제는 경력이 10년쯤 넘었으니 제 역서들이 검색 결과 상위권에 나와요. 하지만 저는 여전히 독자들에게 무명 번역가예요. 10년을 번역해서 칼국수를 이긴 게 가장 눈부신 업적이라고 할 판에 명예가 웬 말입니까. 후, 여기까지 하죠.

보다시피 선생님의 말씀대로였어요. 제가 번역가로 걸어온 길에는 돈도, 명예도 따르지 않았어요. 그런데 왜 저는 10년이 넘도록 이 일을 하고 있는 걸까요? 이유는 간단합니다. 번역을 좋아하거든요. 어떻게 아냐고요? 번역을 안 하고 쉬어

보면 알아요. 원래 자기가 어떤 것을 정말로 좋아하는지 아닌지는 거기서 멀어져 보면 알 수 있다고 하잖아요.

저는 일 없어서 쉴 때 괜찮은 책을 보면 이런 생각이 들었어요. '아, 나도 저런 책 번역하고 싶다!', '이 책은 내가 번역해도 잘할 수 있었을 텐데.' 번역을 하고 싶어서 손이 근질근질했단 말이죠. 그렇게 좋아하니까 10년을 이어올 수 있었어요. 물론 그 과정이 순탄치만은 않았어요. 일이 끊겨서 쉴 수밖에 없는 날이 길어지면 자괴감이 들고 두려워지기도 했어요.

5년쯤 전에 일이 한 달 넘게 안 들어왔어요. 출판사에 번역 샘플을 넣었지만 번번이 낙방했고요. 그러니까 이대로 업계에서 도태되는 것 아닌가 싶더라고요. 내가 번역을 1, 2년한 것도 아닌데 아직도 이정도 밖에 안 되나, 다른 길을 찾아야 하나 싶기도 했고요. 그런데 배운 게 번역질이라고 아무리 생각해도 번역 외에는 할 만한 일이 생각나지 않는 거예요. 대학 졸업하고 바로 번역 일 시작했으니까 회사 경력이 있는 것도 아니고 나이는 서른을 훌쩍 넘겼으니 어디 들어가기도 어려울 것 같고, 그렇다고 뭔가 내세울 만한 기술이 있는가 하면 그렇지도 않고. 이제 나는 뭐 해서 먹고살아야 하나, 눈앞이 캄캄하다는 게 어떤 기분인지 알겠더라고요.

프리랜서 번역가로 살다 보면 그런 순간이 여러 차례 닥칩니다. 그럴 때마다 제가 되새기는 명언이 있어요. 하나는 바로 그 5년 전 암흑기에 〈힐링 캠프〉에서 본 배우 류승수 씨가 한 말입니다. 영화 〈고지전〉을 촬영할 때 혼신의 힘을 다해 찍은 신이 있었대요. 스스로도 만족스럽고 주변 사람들도 호평했기에 개봉만 하면 세간의 주목을 받을 거라 기대했죠. 그런데 막상 영화가 극장에 걸리고 보니 그 신이 통째로 잘린 거였어요. 상심했죠. 은퇴를 진지하게 고민했다고 합니다. 그때 동료 배우 차태현 씨가 "형, 아직 때가 아닌 것 같아"라고 했답니다. 그래서 "너는 잘됐으니까 그런 거 아니냐?"하고 물었더니 돌아온 답이 "큰 기대 없이 최선을 다했던 영화가 〈과속스캔들〉이었는데 이게 이렇게 잘 될 줄 몰랐어. 형이 〈고지전〉으로 욕심을 냈을 때는 진짜 때가 아니었던거야. 기다리면 때가 올 거야. 그때까지 열심히 하면 돼"였더래요. 그 말을 듣고 은퇴 생각을 접었다고 합니다.

저도 그 말에서 큰 힘을 얻었어요. 어떻게 보면 뻔한 말이에요. 그런데 그 말을 들으니까 '아직 내 때가 안 왔을 뿐이다. 일단 10년은 버텨보고 다시 생각해보자'하는 용기랄까 결심이 솟더라고요.

제게 힘이 되는 또 하나의 명언은 예전에 가까이 지냈던 연극 연출가 선생님에게서 들은 말이에요. 그분은 뜻이 맞는 사람들이 한 지역에 모여 생활을 공유하는 마을 공동체에서 살고 있었어요. 언젠가 그 마을에 대해 이야기하던 중에 그분이 이렇게 말했습니다.

"나는 주로 마을 식당에서 끼니를 해결해. 내가 비록 한 달에 몇십 만 원 밖에 못 벌고 그렇게 공짜 밥을 먹는다고 해도 나는 부끄럽게 생각하지 않아. 왜냐하면 나는 내가 하는 일로 우리 사회에 공헌하고 있거든. 나는 그 밥을 당당히 먹을 자격이 있는 거야."

그때 그분의 눈빛에는 자부심과 감사함이 공존했습니다. 그 후로 저도 제 일을 보는 관점을 달리했어요. 돈과 명예 이전에 가치를 생각하게 됐어요. 내가 번역으로 우리 사회에 기여하고 있다는 자부심이 생겼다는 말이죠.

이상이 저를 지금껏 버티게 한 두 가지 명언입니다. 너무 뻔한 말들이라고요? 그건 중요하지 않아요. 중요한 건 그 말을 마음에 새길 때 생기는 힘입니다.

자, 정리해볼까요. 저는 프리랜서 번역가로 꿋꿋이 살아가기 위해 습관적으로 다음의 세 가지를 되새깁니다.

1. 나는 좋아하는 일을 하고 있다.
2. 나는 가치 있는 일을 하고 있다.
3. 내가 빛날 날이 반드시 올 것이다.

몇 년 전에 번역가를 지망하는 분과 통화를 했어요. 여러 가지 질문에 답한 후 마지막으로 받은 질문은 이것이었어요.

"끝으로 저에게 해주실 조언이 있나요?"

그때 저는 위에서 선생님이 세게 해주신 말을 그대로 해 줬습니다. 이 일은 돈도 명예도 잘 안 따른다고요. 그래서 솔 직히 권하기는 어렵다고요. 그러면서 이 일을 정말로 좋아하 는지 한번 진지하게 생각해보라고 했습니다.

번역을 둘러싼 상황은 그리 녹록하진 않아요. 제가 어릴 때부터 불황이라던 출판계는 이제 차라리 그때가 호시절이었 다고 합니다. 제 경험에 비춰보면 번역료 상승률은 평균 임금 상승률에 훨씬 못 미치고요. 그리고 기계번역의 발전 속도가 무서운 수준입니다. 하지만 어떡해요, 좋으면 해야죠. 어차피 누가 말려도 할 사람은 할 거잖아요? 10여 년 전의 제가 그랬던 것처럼요. 그러면 기왕에 하는 것 자기가 하는 일의 가치를 믿으세요. 그리고 자신의 가치를 믿으시고요. 그게 제가 이 글을 마치면서 여러분에게 마지막으로 드리는 말씀입니다.

Tip

돈이 잘 안 따르는 직업이라고 해도 돈은 중요해요. 특히 프리랜서는 직장에서 제공하는 안전망이 없기 때문에 긴급한 상황에 대비가 되어 있어야 합니다. 그래서 보험에 가입하고 재테크 지식을 습득하고 있습니다. 저는 원래 그런 쪽으로 무지했는데 담낭 수술한다고 병원에 며칠 입원했더니 혹시 나중에 비상사태가 생기더라도 먹고살 방책은 마련해둬야겠구나 싶더라고요. 그래서 공부했습니다.

보험은 기본적으로 암보험과 실비보험은 필요하다고 생각해요. 큰 병에 걸렸을 때 병원비 부담을 덜 수 있거든요. 혹시 암으로 쓰러져도 최소 몇 달 정도는 일 안 하고 버틸 생활비를 건질 수 있고요. 저는 퇴원 후 실비보험에 가입하면서 기존에 갖고 있던(어릴 때 어머니가 제 앞으로 가입하신) 보험도 싹 재정비해서 부족한 부분을 보완했어요.

재테크는 직장인과 달리 퇴직연금이란 게 없으니까 노후 대비용으로 필요합니다. 방법은 여러 가지가 있을 텐데요, 가장 기본적인 건 예적금이고 좀 더 과감하게 접근한다면 채권, 주식, 부동산 등에 투자할 수 있겠죠. 저는 수익 일부분은 적금에 넣고 일부분은 주식에 투자하고 있어요. 개별 종목을 분석하고 선정하는 건 성향에 안 맞아서 퀀트 투자(수치와 공식만으로 종목을 선정하는 투자 방식) 위주로만 하고 있어요.

보험도 재테크도 시중에 좋은 책이 나와 있으니 쉽게 기초 지식을 쌓을 수 있습니다. 강좌나 커뮤니티를 이용해도 좋고요.

더 궁금한 게 있으세요? 제게 메일(heygom@gmail.com)이나 브런치(https://brunch.co.kr/@glmat)로 연락해주세요. 더 많은 번역가의 이야기를 듣고 싶다면 네이버 주간번역가 카페(https://cafe.naver.com/transweekly)를 방문하셔도 됩니다.

좋은습관연구소

좋아하는 일을 끝까지 해보고 싶습니다
: 어느 젊은 번역가의 생존 습관

초판 1쇄 발행	2020년 4월 13일
초판 2쇄 발행	2020년 11월 16일
지은이	김고명
펴낸이	김옥정
만든이	이승현
디자인	스튜디오진진
펴낸곳	좋은습관연구소
주소	경기도 고양시 후곡로 60, 303-1005
출판신고	2019년 8월 21일 제 2019-000141
이메일	lsh01065105107@gmail.com
ISBN	979-11-968611-4-8 (03810)

당신의 이야기, 당신의 비즈니스, 당신의 연구를 습관으로 정리해보세요.
좋은습관연구소에서는 '좋은 습관'을 가진 분들의 원고를 기다리고 있습니다.
메일로 문의해주세요.

네이버/페이스북/유튜브 검색창에 '좋은습관연구소'를 검색하세요.